我想听的不是个人的幸福,也不想知道如何拥有一颗不为世界所动的心,我想知道自我以及世界的终极意义。

我唯恐自己并非珠玉,不敢刻苦钻研打磨,却又半信自己是珠玉,不肯庸庸碌碌与瓦砾为伍。

那人佝偻着身躯，皮肤黝黑，眼窝深深凹陷，嘴巴像野兽一样凸出，整个人看上去就如一头黑色的牛。

山月记

[日]中岛敦 著
张齐 译

さんげつき

天地出版社 | TIANDI PRESS

目录

山月记 / 001

李陵 / 011

名人传 / 061

悟净出世 / 071

悟净叹异 / 101

弟子 / 121

牛人 / 163

盈虚 / 173

狐凭 / 187

妖氛录 / 197

南岛谭 / 207

文字祸 / 217

山月记

李徵，陇西人氏，天资聪颖且博闻强识。天宝末年，弱冠之年的他荣登龙虎榜，后调补江南尉。然而，李徵性格狷介，自视甚高，不甘心做一介小吏。不久之后，他便辞官归隐故乡虢略，人情往来一并断绝，从此潜心于诗作。

　　在他看来，与其为小吏而奴颜婢膝于俗恶权贵面前，不如以一代诗歌大家之名流芳千古。然而，在文坛扬名并非易事，李徵的生活日渐清苦，人也愈发焦躁不安。慢慢地，他的容颜也变得瘦削，颧骨凸出，唯独一双眼睛还炯炯有神。当初进士及第、意气风发的美少年形象如今已无迹可寻。

　　数年过后，李徵终于不堪贫苦，为了妻儿衣食生计着想，只得妥协谋职，最终做了个地方小官。与此同时，他对自身的诗作前程已近乎绝望。昔日同窗如今已升官加爵，而他却不得不听命于曾被自己所不齿的愚钝官吏。可想而知，昔日的少年俊杰，如今却是自尊心备受打击。李徵终日怏怏不乐，狂妄不羁的性格愈来愈难以自抑。一年后，李徵奉公出差，夜宿汝水之畔，终于丧失了理智。

　　那日夜半时分，李徵突然脸色大变，从床上一跃而起，口中不知在喊叫着些什么，冲出门朝黑暗狂奔，一去不返。人们找遍了附近山野，均未探得他的下落。打那之后，再无人知晓李徵音讯。

第二年，有一位名叫袁傪的陈郡[1]籍监察御史，奉旨前往岭南，途中栖身于商於[2]一带。翌日凌晨，天还未明，袁傪等人便动身赶路，驿站小吏劝道，前方不远处常有食人猛虎出没，过路人只敢在白天走这条路，如今天亮得也早，稍待片刻再走也不迟。袁傪自恃随行众多，执意前行。

队伍借着残月的微光行进至一片林中草地，草丛中突然跃出一只猛虎，眼看它即将扑到袁傪身上，不料猛虎突地转身，隐匿回方才的草丛中去了。只听草丛中隐隐传来一人声，那声音不住地道"好险"，袁傪闻声只觉有几分耳熟。惊异之中，袁傪顿时想起了这声音出自何人，遂问道："说话的，可是我的旧交李徵？"

原来，袁傪与李徵乃是同一年进士及第的秀才，因袁傪为人敦厚温和，与锋芒毕露的李徵未曾起过冲突，所以朋友甚少的李徵将袁傪视为至交好友。

一时间，草丛中没有回应，但闻窸窸窣窣之声，似有人在低声啜泣。良久，只听得那边应声道：

"在下，正是陇西李徵。"

袁傪瞬间将恐惧抛之于脑后，下马走近草丛，亲切地叙说

---

[1] 位于今河南淮阳一带。
[2] 今河南淅川县西南。

起阔别之情。接着，袁傪问李徵，缘何躲在草丛中而不肯出来见他。只听李徵缓缓答道：

"如今我已是异类之躯，无论如何，也不愿在昔日好友面前现出这副不堪的模样。况且，倘若我现身，你定骇然不已，心生厌恶。然而，未曾料到今日得与旧交重逢，一时忘却内心羞愧，忆起往昔重重，怀念不已。请你切莫嫌恶我如今的模样，只待我如昔日的李徵，共叙旧情，可否？"

后来，袁傪每每回想此事都觉得不可思议，但当时的他却坦然地接受了这一超乎自然的现象，丝毫不觉怪异。他命令部下暂停行进，自己伫立在草丛的另一侧，与不见其人只闻其声的旧友对谈起来。袁傪将京城的传言、两人旧友的现状，还有袁自己今官居何位对李徵一一道来，他以轻快的语调对年轻时亲密无间的伙伴讲述一切，毫无隔阂。语罢，问李徵为何沦落至此。草丛那边的李徵这样说道：

"一年之前，我奉命出差，夜宿汝水河畔。半梦半醒间，听到门外似有人唤我姓名，我应声出门想看个究竟。那声音来自林间昏暗处，不住地引我前去。我不知不觉间奔跑起来，也不知何时竟奔入群山密林，又不知何时，竟以左右双手作足抓地而行。我感到身体中充满力量，可轻而易举地在岩石间奔跑跳跃。等回过神来时，手上、臂上已生了茸毛。天色稍亮，我在山谷溪涧边看到了自己映在水面的身影，发现自己已然成了一只老虎。起初我不敢相信眼前发生的一切，心想这不过是一个梦，因为以前我也曾做过这类梦。可当我发现这不是梦的时候，我惊恐万分，一片茫然。我没想到这种怪事会发生在我身上，我不明白这是为什么。可世间的一切究竟是为什么，又有谁能明白呢？为什么要被迫接受眼前发生的一切？为什么一定要活下去？或许这是我们生而为人，命中注定的吧。

"当时我一心寻死，然而就在那时，眼前突然有一只野兔跃过，我身体中那个'人'瞬间消失不见了。当我身体内的人性再次恢复时，口中早已沾满兔血，身体四周散落着一地兔毛，这便是我变为老虎后的首次捕食经历。自那之后，我的所作所为实在不忍在此对袁兄诉说。只是一日之中，我定有几个时辰会恢复人形。每逢那时，我便同往日一样，既可以侃侃而谈，亦可以深刻思考，诵读经章名句也不在话下。可每当我用那颗为人的心审视自己为虎时的残虐行径，或者回首自己的命运时，总是最为羞愧，最为恐惧，也最为悲愤。随着时光流逝，我每日恢复人形的时间也渐渐变短。最初我常困惑于自己为何成虎，可近来我竟开始思考自己此前为何为人，这是件可怕的事。

"如今，在为兽的生活习性中，我那颗为人之心正在被尘封，就如古老的宫殿、庙宇的地基渐渐被沙土掩埋。如此，只怕终有一日我会完全忘却过往的自己，彻底化身为虎，嗥叫奔走。待那时若再像今日一般与你重逢，恐将难以辨识故友，即使将袁兄撕裂吞食都毫无愧疚之情。我也在想，野兽也好，人也罢，或许起初都是另一番模样，后来逐渐忘却，直至深信自己打一开始就是如今这番形象……也罢，这事不再深究。恐怕当身体内的人性彻底泯灭时，我就能得到解脱吧。但是，我体内的人性对此感到恐惧，一想到我为人的记忆将彻底丧失，这是何其可怕、悲哀和痛苦！这种心情无人能懂，无人能懂啊！除非他人也与我一般化身为兽，否则是万不能感同身受的。对了，在我彻底不复为人前，我有一请求还望袁兄能成全。"

袁傪一行人，均屏气聆听草丛中那不可思议的叙说。李徵的话音在继续：

"我原想作为诗人而扬名天下，谁料一无所成又沦落到这般境地。过去我曾作有诗歌数百篇，均尚未面世，遗稿早已不知散落何处，不过，有数十篇我至今仍能记诵，恳求袁兄能将这些诗作记录下来。我并非想凭借这些诗作扬名，但是，它们曾是我散尽家财，丧失心智，耗尽一生所执着追求的东西，如果这些诗作没能流传给后世，我会死不瞑目啊！"

袁傪闻言，立刻命令属下执笔，李徵吟诵诗句的朗朗之声传来。长短各异的诗作总共约有三十篇，每篇都可谓格调高雅、意趣非凡，初读便引人入胜，使人不禁讶于作者过人的才华。然而，细听这些诗作，袁傪在赞叹之余又觉得似乎有所欠缺。

背诵完旧作后，李徵自嘲道：

"说来惭愧,即便此时,我已经化身成这副不堪的模样,我却仍然梦到,有朝一日自己的诗集出现在长安风雅人士的案牍之上。那是我栖身在岩石洞窟之中时的黄粱美梦。笑我也无妨,毕竟我这人可怜可笑至极,本想成为诗人,如今却成了老虎(听到这里,袁傪回想起昔日里青年李徵也酷爱自嘲,不禁悲从中来)。

"还有一事,就算为众人助兴,且让我将此刻的心情作成诗,在此为各位吟诵一番如何?就当作是这猛虎之躯中昔日的李徵尚存的证明吧。"

袁傪命属下将这一篇也记录在册。李徵诗云:

偶因狂疾成殊类,灾患相仍不可逃。
今日爪牙谁敢敌,当时声迹共相高。
我为异物蓬茅下,君已乘轺气势豪。
此夕溪山对明月,不成长啸但成嗥。

是时,残月清冷,白露满地,凛冽的寒风从树间吹过,似乎在告知众人破晓将至。此时众人感叹李徵的不幸遭遇,早已忘却此事的怪异,气氛一片肃然。不多时,李徵的声音再度传来:

"适才已经说过,我不知自己为何会沦落至此。然而,思前想后,却也并非全然没有线索。我为人时总是竭力避免结识他人,人人道我李徵桀骜不驯、妄自尊大,却无人知晓我那所谓的狂妄不过是出于羞耻之心。我过去也是乡党中的俊杰秀才,不可能没有自尊心。只是,这是一种怯懦的自尊心。我一心想凭借诗作成名,但又不曾下苦心去拜师学艺,更不曾结识诗友以求切磋交流,且又不甘心与污浊世俗为伍。这一切都源自我怯懦的自尊心和傲慢的羞耻心。我唯恐自己并非珠玉,不敢刻苦钻研打磨,却又半信自己是珠玉,不肯庸庸碌碌与瓦砾为伍。这一切都使自己渐渐远离尘世人情,任凭满心的愤懑与羞愧豢养怯懦的自尊心。生而为人,人人皆是驯兽师,这野兽正是每个人的性情。于我而言,这傲慢的羞耻心便是洪水猛兽,而我最终成了虎,正是因我自损才情,连累妻儿,伤及友人,最终外形也变成与内心同样可怕的野兽模样。如今想来,我仅有的才能全空费了。我时常念说,若一事无成则人生太长,若有所作为则人生太短。其实,我不过是畏惧在他人面前暴露自己才能不足,又厌倦刻苦用功,一味怠惰罢了。

"世上不乏才能远不如我之人,只因其专心致志磨砺自己,终成一代诗歌大家。只可惜这道理却是我在变成老虎后才领悟到的。想到这些,如今我的心头也如烈火灼烧般难忍悔恨之情,可我早已无法再重回人的生活了。如今,即便我的脑中有无与伦比的诗作,又有什么办法公之于众呢?何况,如今我的意识日渐向虎靠近。这究竟该如何是好?那些被我白白浪费的往昔岁月又从何处寻得呢?我时常不堪忍受,每逢此时,我便会奔到山巅岩石之上,向空谷哀号。我想找人倾吐这种撕心裂肺的悲哀。昨夜,我又独自朝着明月咆哮,心想有谁能理解我此刻的悲愤痛苦。百兽闻我之声,唯有恐惧和臣服。这山、这树,这明月白露,只当我的悲鸣是一头猛虎的怒号狂吼而已。任凭我跃向高空抑或匍匐在地哀叹久绝,也没有谁能懂我内心的苦闷。正如我尚为人时,也无一人能理解我脆弱的内心。打湿我这皮毛的,并不只是无声的夜露啊!"

天际渐渐放明,四野愈发浅白。不知从何处响起了晓角之声,环越林间,哀转回响,久久不绝。

"必须道别了。快到我不得不倾醉(即不得不化身为虎)的时辰了。"李徵说道,"可是,在分别前我还有一个请求。我放心不下我的妻儿。他们至今仍在虢略,并不知我这遭遇。可否请你从岭南回来时,替我给他们捎句话,就说我李徵已死,还请你切莫告诉他们今日之事。这实在是不情之请,只可怜他们孤儿寡母,今后你若能保他们不至于沦落道边、饱受饥寒交迫之苦,于我而言,那便是莫大的恩情了!"

语罢,众人只听得草丛中传来恸哭之声。袁傪已泛起泪水,答应了李徵的请求。李徵忽而调整回方才的自嘲语气,复又说道:

"说实话,倘若我仍为人,本该最先求你护他们周全,可我最先嘱托的却是我的诗作。也许,正因为我是这样的人,才落得变成野兽的下场吧。"

临别之际，李徵又对故友嘱咐道：

"袁兄，从岭南回来时，切莫再从此路通行。那时恐怕我已完全失了心智，无法辨别故人，伤你们性命。在此一别，待你前行数百步，会见到一座山丘，还望袁兄能登上山丘回望此处，我再让你看看我如今这副模样。这并非为了夸耀百兽之王的勇猛，只是想以自己丑恶的模样彻底断了今后袁兄重返此地见我的念头。"

袁傪面向草丛，情真意切地道别后，上马前行，林中再一次传来痛苦的悲泣声。袁傪几度回首望向那草丛间，泪水涟涟中挥鞭南去。

一行人登上山丘，转身回望身后的林间草地。只见一头猛虎从草丛一跃而出，跳到大道上。那老虎朝着拂晓时分光芒尽失的残月咆哮两三声之后，跃入丛中，不见了踪影。

一

汉武帝年间，天汉二年九月初秋，骑都尉李陵率五千步兵，自边塞遮虏障出发一路北行。阿尔泰山脉东南端与广袤的戈壁沙漠交接处有一片遍布碎石的丘陵，这支军队穿过这片丘陵向北行进了三十日，可谓"朔风劲吹戎衣寒，铁胆孤军万里来"。这队伍最终在漠北浚稽山山脚一带驻军扎营。此时的他们已经深入匈奴腹地。虽说时值初秋，但在这漠北地，苜蓿已枯，榆树、柳树的叶片也早已尽数脱落。其实，举目望去，周遭没什么树木（除宿营地近旁以外），眼前只有一片荒凉，满目尽是沙砾、岩石、碎瓦以及干涸的河床。极目远望不见人烟，偶有来旷野寻水的羚羊之类前来造访。邈远的高山割裂如帛秋空，尽管一行大雁在远山之上往南疾飞，但行军将士无一人吐露思乡之情。他们明白自己此时的身份和处境。

匈奴善骑，而队伍中一队骑兵也没有（跨在马上的唯有李陵与其随从数人而已），五千步兵深入匈奴腹地，实在荒唐。何况浚稽山远离内陆，就连最近的汉塞居延也距它一千五百里之遥，这区区五千士卒孤立无援，若不是出于对统率李陵的绝对信任和服从，这一队人马无论如何也不会行军至此。

每年到了肃杀秋风卷地的时候，塞北定有动乱，大队剽悍的侵略者乘着胡马，扬鞭驰骋，他们滥杀边吏，抢掠平民，强夺牲畜，无恶不作。尤其是五原、朔方、云中、上谷、雁门等地，历年受灾尤为严重。在大将军卫青及骠骑将军霍去病的过人武略下，从元狩到元鼎数年之间，曾出现过"漠南无王廷"的安定局面。可近三十年来，边患一直连续不断。

那是天汉二年，是大将军霍去病辞世后的第十七年，卫青辞世后的第六年，后浞野侯赵破奴率全军投诚匈奴，光禄勋徐自为在朔北所筑的城墙被敌军破坏。此时尚受全军信赖、堪当将帅大任的便是因远征大宛而威名远扬的贰师将军李广利。这一年五月夏，因匈奴侵略，贰师将军率三万轻骑兵出酒泉，欲在天山一带痛击野心勃勃、窥视西边已久的匈奴右贤王。汉武帝想任命李陵为这支大军运送辎重，在未央宫的武台殿召见李陵，可是李陵却极力推脱，请求武帝免去他运送辎重一职。李陵是飞将军李广的孙子，世人皆道他承继祖父雄风，是位骑射英才。数年前，他官居骑都尉，于酒泉、张掖一带操练士兵、教习射艺。也许是李陵时年不足四十，血气方刚，认为运送辎重一职对他而言有些屈才。于是，李陵对武帝请命："臣在边境训练的兵个个是以一敌千的荆楚勇士，臣恳请陛下让臣率这一队勇士出征，从侧方牵制匈奴。"汉武帝也予以首肯。然而，由于各方纷纷调兵，李陵军中可以调度的骑兵所剩无几。这的确没有胜算,但李陵不愿运送辎重,思量了一番,他说:"纵使如此也无妨,臣愿与麾下五千精兵一同赴汤蹈火,以身犯险。"李陵复又说道,"臣定能以寡敌众。"这一番话说得好大喜功的汉武帝满心欢喜,欣然允了他的请求。李陵回到西塞张掖,命令部下一众士兵即刻北上。此时,屯兵在居延的疆弩都尉路博德接到御诏,奉命在中途迎接李陵一行。至此,一切都还算顺利,可紧接着事态却急转直下。原来这路博德本是一代老将,从军时便在霍去病麾下鏖战沙场,后因战功累累受封邳离侯,早在十二年前,他便以伏波将军的身份率领十万重兵一举歼灭南越[1],后来因犯法而痛失侯位,沦落到如今的官位,戍守西塞。要论年龄,这路博德就是李陵的父辈。毕竟曾是一代封官加爵的老将,如今却要奉命参拜后生李陵,路博德心中多有怨言。他在列兵等待迎接李陵时,派人前去长安启奏汉武帝。他认为,如今时值初秋,粮草充足,匈奴马正肥,李陵率领这区区几千步兵,竟妄想与善骑的匈奴对战,这无异于以卵击石。因此,他在奏折中提到,不如让李陵在此处同他一道养精蓄锐,待明年开春,从酒泉、张掖各派精骑五千出击匈奴,这样才有胜算。李陵对此事毫不知情。汉武帝见此奏折,一时龙颜大怒,他认为这奏书乃是李陵与路博德二人商议后写的。汉武帝心

---

[1] 古越人的一支。亦称"南粤"。秦汉时分布在以番禺(今广州)为中心的南海郡地(今广东大部分地区)。

想，这李陵曾在殿前夸下海口，即将出征却露了怯，成何体统。于是汉武帝立即派人从都城长安快马加鞭赶至二人所在营地。汉武帝在给路博德的诏书中说道，既然李陵曾在殿前放言说此战定能以少胜多，你（路博德）自不必驰援。如今匈奴已入侵我大汉西河，你无须理会李陵，此时速速率兵往西河应敌。而在给李陵的诏书中，则狠狠责问李陵，与路博德商议后递交的奏折究竟是怎么一回事，还命他即刻带兵奔至漠北，在东至浚稽山、南达龙勒水一带侦察瞭望，若没有敌情，便可沿浞野侯的故道前往受降城休兵。

带着为数甚少的士兵在敌军腹地徘徊已极为危险，更何况要抵达武帝指定的营地，这一路要跋涉数千里，对于这支连坐骑都没有的军队而言简直难如登天。只考虑徒步行军的速度、一路上士兵拉车耗费的气力、漠北胡地寒冬的气候，便可知此次出征的结果了。

汉武大帝绝非昏君，只是他有着与同样不是昏君的隋炀帝、始皇帝相似的性格。贰师将军李广利乃是汉武帝的宠妃李夫人之兄，想当初李广利由于兵力不足，斗胆从大宛撤兵，触了武帝的逆鳞，因此武帝令他屯兵玉门关，不得进京，而那次出征大宛，仅仅是因为汉武帝垂涎大宛的汗血宝马。九五之尊、金口玉言，不管多么荒诞无理，臣子也绝不可忤逆。况且，如今陷入这进退维谷的处境也是他自讨苦吃（哪怕只考虑气候与距离，就能料到行军之艰难）。眼下容不得犹豫，李陵就这样踏上了"北征无骑"之路。

李陵一行在浚稽山停留了十日有余。在这期间他天天派兵远去勘探敌情，并将这一带的山川地形详细绘制成图。地图由李陵麾下一个名为陈步乐的士兵呈送至长安。那天，陈步乐从不足十匹的骏马中选了一匹，向李陵躬身作揖后，翻身上马，猛地挥鞭扬尘而去。全军将士怀着无比复杂的心情目送陈步乐离去，他的身影在荒无人烟的大漠中越来越小，直至消失不见。

在这十日之中，浚稽山东西三十里地中不见一骑胡兵。

先于这支部队出发的贰师将军，大夏天出兵天山并大获全胜，一举击败匈奴右贤王。可谁承想，这支队伍却在归途中遭遇了匈奴大军的埋伏，全线崩溃。大汉的士兵损失六七成，连将军李广利也险些丧命。这消息也传到了李陵军中。半年过去了，不知大破李广利军队的那支敌军主力现又居何处。如今，因杅将军公孙敖正在西河、朔方边境御敌（路博德在与李陵分别后正是去驰援他），从时间和距离来算，他所牵制的绝非匈奴大军的主力。倘若敌军自天山出发，绝无可能在那么短的时间里就抵达东方四千余里外的河南（鄂尔多斯）一带。李陵推测，匈奴的主力定是屯兵在自己营地以北至郅居水[1]一带。每日,李陵都登上前山山顶瞭望四方,然而自东至南,目之所及唯有一片黄沙漫无边际,从西到北,视野之内空余光秃秃连绵不绝的群山,抬头望去,天上偶有鹰或隼的踪影,这地上连胡兵的一根汗毛都看不到。

　　李陵的军营驻扎在山峡之间的一片疏林外。军士们将兵车围作一圈,中间用帷幕连接而成。一入夜,胡地气温急剧下降,士兵们折取本来就不多的树枝,用以焚火取暖。驻扎在这儿整整十日,慢慢连月亮也见不到了。许是天干物燥,夜里星河璀璨,四周黑黢黢的山影重重叠叠,斜挂在天际的天狼星熠熠地闪着煞白的光芒。李陵思忖,接连十余日都这般平安无事,明日也该从此地启程,沿着圣上指定的行军路线一路往东南方去了。此时,一个步哨正抬眼盯着在这夜空里闪烁的天狼星,突然之间,只见天狼星正下方赫然闪现一颗巨大的赤黄色明星。这步哨诧异不已,说话间那不知来历的巨星竟动了起来,星光拖着一条火红粗大的尾巴。随后,两个、三个、四个、五个……同样的巨星出现了,围在最早那颗赤黄之星的四周,随它一并移动。这步哨情不自禁地发出一声惊叹,声音未落,远处的火光一下子又全部暗淡了,一切恍如梦境。

---

[1] 今蒙古国色楞格河。

李陵接到步哨的汇报后，即刻命令全军于翌日天一亮便投入战斗准备当中。他走出营房一一检查各队部署，确认无误后回到自己的营中，不多时便鼾声如雷，熟睡了过去。

翌日一早，李陵醒来后走到军营外，只见全军五千将士都已按照他的命令严阵以待。兵车在最外围排成列，站在前排的士兵手持戟与盾，站在后列的弓箭手则手擎弓弩。此时天色未明，两山之间一片寂静，但在这死寂之中，众人似乎察觉到了正在暗处涌动的危机。

眼看旭日之光渐渐铺满山谷（匈奴人崇拜日月，单于倘若在日出后未派兵，则无事[1]），原本光秃的左右两山的山顶至山体侧面，一时间拥出无数人影。伴着震天动地的呐喊声，数不清的胡兵蜂拥而至。胡人的先头部队直直逼近，在距离李陵的队伍只有二十步之遥的时候，一直沉寂无声的大汉阵营中传来了击鼓声。说时迟那时快，大汉射手拉动弓弩，霎时千弩并发，应着弦音只见数百名胡兵齐齐倒地。战斗间不容发，站在前列的士兵们持着戟向吓破了胆的胡兵冲了过去。匈奴部队溃不成军，逃往山顶。汉军乘胜追击，最终杀敌数千。

汉军大获全胜，赢得漂亮，但匈奴绝不会善罢甘休。单是今日，匈奴就出动了近三万士兵。从山顶上飞扬的旌旗来判断，

---

[1]《史记·匈奴列传》中写："单于朝出营，拜日之始升，夕拜月。"凡举办大型活动或出兵时，必观察日月。

毫无疑问此乃单于的亲卫部队。既然是单于亲征，那么其后备部队没有十万也有八万之多。李陵当即决定全军立刻撤离此地，往南进发。这意味着军令有变，改变了前往东南两千里受降城的计划，而是沿着半个月前来时的路线撤退，尽快返回先前的居延塞（同样距此地数千里之遥）。

汉军南行第三日的晌午，军队后方遥远的地平线上扬起浩浩荡荡的黄沙，遮天蔽日。是匈奴的骑兵追上来了！第二日，八万胡兵便凭着迅疾的坐骑赶上了汉军，将他们前后左右围了个水泄不通。胡人汲取了前日失败的教训，不再与汉军近战，转而采取远攻的方式，远远地将南行的汉军包围起来，在马背上拉弓放箭。李陵一命全军停止行进，摆出战斗队形，狡猾的胡军便纷纷后退，避免与其近搏，而当汉军再度行进时，便又追将上来万箭齐发。汉军的行军速度明显下降，而且死伤人数与日俱增。此时的汉军犹如旷野中精疲力竭且饥寒交迫的旅人，那胡兵则是跟在旅人身后虎视眈眈的饿狼。匈奴始终利用这一战术狠咬着汉军不放，他们一点一点地磨损汉军的元气，窥伺时机，准备予以汉军最致命的一击。

如此，汉军且战且退，继续南行。这一天，汉军正在一山谷中休养，此时军中负伤者的数量已不容小觑。李陵清点了全军人数和伤亡情况，随后下令：身上负伤一处者仍然执兵迎战；身有两处负伤者负责推兵车行进；身上多处负伤者乘辇车。由于军内运送力量匮乏,牺牲者只得被抛尸荒野,别无他法。当天夜里,李陵在军中视察时,竟偶然发现在辎重车中藏着一个身裹男装的妇人。于是,他逐一排查军队的车辆,竟搜出了十余个同样匿身于车中的妇人。原来,往年关东一带盗贼猖獗,群盗被缉拿斩首后,其妻儿被放逐西塞。盗贼妻子们受困于衣食生计,不少人嫁与边境守备官兵为妻,或是沦为暗娼,接待戍边官兵。藏身于兵车中,不远万里随兵来到漠北的妇人也正是这些人。李陵毅然决然地命令军中官吏将这些妇人纷纷斩首,而对于把她们带到这里的士兵,李陵却连一句苛责都没有。这些妇人被拖至山谷间的一片凹地,声嘶力竭地号叫着,一众将士怀着肃然的心情静静听着,不一会儿,哭声渐渐消失,像是被无言的夜色吞噬了。

第二日,胡兵来袭,两军展开了久违的肉搏战,汉军英勇迎敌,与匈奴痛痛快快地搏斗,杀敌三千有余。胡兵横尸遍野,汉军士气大振,一扫连日来因匈奴的游击战术带来的焦躁与苦闷。

第三日,李陵大军开始沿着龙城古道南撤。这次匈奴又采取了之前的远攻战术。到了第五日,汉军踏入一片沼泽地。平沙地中时不时便会出现一处沼泽,那长满枯苇的沼泽绵延数里,水面半冻,淤泥几近没到士兵的膝盖,大军几欲速渡而无果。一队处于上风向的匈奴放起了野火,猎猎北风将火焰越吹越旺,天空下那白得耀眼的火光以迅雷不及掩耳之势向汉军逼近。李陵见状立即命令部下将附近的芦苇点燃烧光，勉强躲过了灭顶之灾。

虽然躲过了火灾，但在这低湿之地推车而行，困难程度绝非语言能够形容。汉军在泥泞中走了一夜，连个歇脚的地方都没有，第二日清晨好不容易抵达一片丘陵，不料敌军主力埋伏已久，汉军遭遇了偷袭，陷入一片混乱的厮杀之中。

为了避开匈奴骑兵的猛烈攻击，李陵果断弃车，移至山麓地带的一片疏林之中。汉军利用弓弩从林间发起猛击，大见成效。汉军兵士瞄准在匈奴阵前现身的单于及其亲卫队，数弩并发，箭雨忽至，单于胯下的白马受了惊，高扬起前蹄，身着青袍的匈奴单于被甩在地上。亲卫队的两个骑兵见状并未下马，而是从左右两侧迅速一把扶起单于，亲卫队变换队形，立刻将这几人围在中间迅速撤退。一番乱斗持续了几个时辰后，汉军终于击退了执着的胡兵，这是李陵大军出征以来经历的最艰苦的鏖战。估算起来，敌军遗弃在战场的尸首有数千具，而汉军又损失了近千名士兵。

汉军从俘获的胡人口中得到了一些敌情。据俘虏说，匈奴单于惊叹于汉兵之顽强，匈奴人数是汉军二十倍，但汉军丝毫没有胆怯，反而日日南下，像是在引诱匈奴。由此，那单于似乎怀疑附近有汉军伏兵。前一夜，匈奴单于出于这番怀疑，召集众将共商大计。最终，匈奴中主战的一方认为的确有设伏的可能，可匈奴单于此次率数万骑兵亲征，能否歼灭寡势的汉军，事关胡人的颜面,于是匈奴决定在距离此地以南的四五十里处的连绵山谷对汉军进行猛攻,接着在平地与汉军决一死战,若届时仍不敌汉军,再撤兵。听到这话,汉军校尉韩延年以下的官员燃起了微弱的希望之火,他们心想,这次或许还有一线生机。

翌日清晨起,胡军的攻势极为猛烈。众人暗道,想必正如俘虏所说,这是单于最后的猛攻吧。匈奴在一日内反复袭击汉军达十余次。汉军不遗余力地反击,同时继续缓缓南下。三日后,汉军到了一片平原。虽然匈奴骑兵的威力势不可当,不顾一切试图击垮汉军,但结果却是狼狈地抛下了两千尸体溃败而退。如果那俘虏的话当真,这样一来,匈奴的追击也将告一段落了。尽管也有人认为那俘虏不过区区一个无名小卒,不足为信,但事实无须争辩,眼下一众将士都松了口气。

然而就在此夜,汉军队伍中一个名叫管敢的军侯临阵逃脱,投诚匈奴。这管敢本是长安都下一不良少年,前一晚,他在侦察时出了疏忽,在众人面前遭到了校尉成安侯韩延年的怒骂与鞭笞。管敢此番投诚敌军就是由此事引发的。也有人说,他这么做是因为前些日子在山谷间惨遭斩首的女子中有他的妻子。管敢知道大汉所俘匈奴招供的信息,因此,他投诚到了匈奴阵营中,进言匈奴单于,不必担心伏兵,继续进攻即可。他直言李陵所率汉军并无后援;汉军的弓箭即将用尽,且负伤者与日俱增,正处在危难之际;汉军的中心力量是由李陵将军和成安侯韩延年分别率领的八百士兵,他们各自以黄、白旌旗为记,因此明日胡军的精锐骑兵只要集中兵力一举攻下这两支队伍,拿下其余的汉军就不在话下了,云云。单于大喜过望,好好招待了管敢,即刻撤销了先前带兵北上的军令。

又过了一日,胡军最精锐的一支部队直冲汉军阵中黄白二色旌旗进发,嘴里还喊着"李陵韩延年速速投降"。这来势汹汹的胡军直逼得汉军从平原地区退向西部的山地,一直退到了远离原路的山谷中。四周群山压顶,敌人箭如雨注。汉军想回击却心有余而力不足,出居延塞后,士兵每人各携百发箭矢,共有五十万发,如今已在与敌军的几番苦战中射光了。不仅如此,全军的刀、枪、战戟、长矛等兵器也折损过半,真可谓刀折矢尽。即便如此,失了战戟的将士仍用车辐当作兵器,手持尺刀[1]防御,苦苦支撑。这山谷地带,愈往深处道路愈狭窄。匈奴士兵竟从悬崖顶上向下投掷礌石,这一击比弓箭的杀伤力更大,汉军死伤者大大增加。如今汉军面对大量横陈的尸体与从天而降的巨石,失去了继续前进的希望。

那一夜,李陵褪下盔甲,换上小袖短衣,吩咐谁也不要跟着,就这样独自走到了军营之外。他从山峡之间看着眼前的一幕,月光凛凛,照着谷间堆叠的士兵尸体。汉军从浚稽山撤军时

---

[1] 即短刀。

夜色正暗，但此时月色已愈发明亮起来了，惨白的月光与满地白霜相迎，山体的斜面犹如被水浸湿了一般。留在军营中的一众将士从李陵这身行头推测，他此时独自前去窥探敌情，肯定是想伺机刺杀匈奴单于。李陵迟迟未归，一众将士均凝神屏气，不时观望营外的动向。此时，只听得远处山上敌军的阵营里传来胡笳声，那声音久久不绝，待声音停下时，李陵掀开帐帷走进营中。他口中只吐出"无望"两字便坐在凳上。片刻后，他又自言自语道："只有死路一条。"满座将士鸦雀无声。不久，有一个军吏开口说道："浞野侯赵破奴曾被胡军生擒，数年后逃回大汉，武帝并未降罪于他。由是观之，将军如今只率区区五千兵力便震骇了匈奴单于，纵使即刻返回长安城，想必天子也会念在这一战艰苦卓绝而不会降罪吧。"

李陵打断了这军吏的话，说："如今倘若仍有几十支箭的话，突出重围也并非全无可能，可我们连一支箭都没有了，如果等到明日天亮，只能坐以待毙。不过，若是趁夜突出重围，将士们各自奔走如鸟兽四散，或许有人能沿着边塞一路返回长安，向天子汇报战况。"他顾虑的是，汉军如今正处于鞮汗山北部山地，距离居延塞尚有数日的脚程，这一计谋能否成功，他也没有把握。可是，无论怎么说，摆在众人面前的只有这一条路，除此之外再无他法。在场将士也都颔首接下这一军令。全军将士每人各持干粮二升与冰片[1]一枚,竭尽全力向遮虏障奔去以期汇合。汉军将旌旗尽数摧折,埋于地中,将所有可能为敌军所用的东西尽数摧毁,等到夜半,便擂鼓起兵。军鼓凄凉,声无回响。李陵与校尉韩延年二人一并上马,率壮士十余人最先出发。那一日他们突出重围,在被敌军包围的峡谷东侧找了个出口迅速离开,抵达一片平地,接着由此一路向南奔走。

时值秋季,月亮早早地隐匿了。汉军给匈奴出其不意的一击,最终全军三分之二将士按计划突破了峡谷东口。然而匈奴骑兵很快追击而来,大部分汉军步兵被杀或是被俘,但混战之中,仍有数十人抢了敌军的马匹,快马加鞭一路南下。汉军终于摆脱了匈奴的追击,此时虽是夜里,平沙地在众人眼中也是一片惨白。李陵等数百人成功脱险,终于回到了峡谷的入口。李陵身中数剑,戎衣已被自己的血和敌人的血濡湿,变得更加沉重,与他并肩出发的韩延年已经战死沙场了。如今痛失麾下大将,五千步兵也几近覆没,他已无颜面见天子。李陵持戟,再一次冲进混乱的战场与敌军厮杀起来。黑暗中的乱斗敌我难辨,突然间,李陵胯下之马似被流矢击中,猛地向前栽倒在地。与此同时,原本正向身前敌军挥舞剑戟的李陵受到袭击,头部被重击,一时失去了意识。见到李陵从马背上跌落,想要生擒他的胡兵立刻纷纷扑上

---

[1] 即龙脑,亦可作香料。

前去，围成了数圈。

二

到十一月，九月出兵北上的五千汉军，受了重创，只有不足四百败兵得以重返边塞。兵败的消息迅速经由驿站通报到了都城长安。

汉武帝听闻后并未动怒。李广利的两万大军都以惨败收尾，他也并未对李陵这五千寡军抱什么期望。汉武帝甚至料想此番李陵定会战死沙场。只不过，此前受李陵之命从漠北传来捷报称"战线并无异状，全军士气大盛"的陈步乐（先前他因传捷报有功而被封郎官，此后便一直留在都城长安）如今必须自杀以谢罪。

转眼到了第二年，天汉三年的春天。有确切消息称，其时李陵并未战死，他被俘后已投诚匈奴。汉武帝闻言后这才震怒不已。此时的汉武帝即位已四十年有余，虽然已经年近六十，但他气性之烈较壮年时有过之而无不及。如今的汉武帝执着于生死之事，一心求仙，听信方士之言，被自己深信不疑的方士骗了很多次。长时间的求而不得，使他失望不已、备受打击，加之年事已高，使得原本生性豁达的汉武帝变得疑心重、爱猜忌，他忌惮群臣，李蔡、青翟、赵周等官居丞相之臣，被他一一赐死。至公孙贺拜丞之时，公孙贺深恐自己的命运如前人一般，以至于顿首涌泣。自从敢于直谏的正直官员汲黯引退后，在汉武帝面前得势的，便是佞臣酷吏了。

且说汉武帝召集众臣，共同商议该如何处置李陵。根据李陵所犯的叛国之罪，汉武帝判定李陵的家产充公，并对他的妻儿家眷进行处置。朝廷有一酷吏，官至廷尉，善察言观色，常在法理之中曲法逢迎汉武帝。曾有人从律法权威的角度诘问于他，这廷尉答道："先帝称是者为律，后主道是者为令，唯当今天子之意方为法。"而满殿群臣多与这廷尉为一丘之貉。丞相公孙贺、御史大夫杜周、太常赵弟及以下百官，没有一人敢触怒龙颜，为李陵争辩。他们极尽口舌，斥骂李陵叛国，更有人放言：事到如今，每思及此前竟与李陵这等变节之徒共处朝堂之上便不禁羞愧难当。众人口径一致，质疑李陵平生的行为并进行批判，就连李陵的堂弟——时任太子洗马的李敢[1]恃太子之宠，为人骄纵恣狂都成了众人诽谤李陵的话柄。而此时，缄默不言、不吐露自己意见之人是对李陵抱有最大善意者，即便如此，朝堂之上这样的人也屈指可数。

唯有一人，面色凝重地注视着眼前的一切。此人心想，如今极尽口舌之快，痛骂诽谤李陵的，不正是数月前在李陵出征

---

[1] 疑为作者笔误，李敢为李陵叔父。

前为他举杯辞别的那一群人吗？不正是在漠北使者传捷报道李陵"全军士气大盛"时，交口称赞李陵"不愧为一代名将李广之后"，夸赞李陵孤军奋战、神勇无比的那一群人吗？从这些恬不知耻的达官贵人，再到完全可以识破这些官吏的谄媚之言却情愿听信谗言的天子，都让这个男子感到不可思议。不，也并非不可思议，以他的阅历，他早就明白，所谓"人"，向来如此。尽管这样，他还是表达了他的不悦。他是一名下大夫，就如何处置李陵一事，天子垂询了他的意见。他直言不讳褒奖李陵道："陵事亲孝，与士信，常奋不顾身以殉国家之急。其素所蓄积也，有国士之风。今举事一不幸，全躯保妻子之臣随而媒蘖其短，诚可痛也！且陵提步卒不满五千，深践戎马之地，抑数万之师，虏救死扶伤不暇，悉举引弓之民共攻围之。转斗千里，矢尽道穷，士张空拳，冒白刃，北首争死敌，得人之死力，虽古名将不过也。身虽陷败，然其所摧败亦足暴于天下。彼之不死，宜欲得当以报汉也……"

群臣哗然大惊。谁也没能料到竟有人敢说出这番话。他们畏畏缩缩望向因盛怒而青筋尽显的武帝。被那下大夫称为"全躯保妻子"的臣子们，一想到等待这胆大之徒的命运，不禁奸邪一笑。

这位下大夫——太史令司马迁——全然没有理会周遭的视线，言毕便在汉武帝面前退下了。"全躯保妻子"之臣中有一人向武帝进言称，司马迁与李陵相交甚好。又有人站出来道，太史令与贰师将军两人有嫌隙，他之所以称赞李陵，是为了要陷此前出师不捷的贰师将军于不义……总而言之，群臣不约而同地认定，司马迁身为掌管星历卜祀的太史令，这一举动太过僭越。最可笑的是，汉武帝在降罪于李陵家眷前，竟然先给司马迁定下了罪名——翌日，司马迁被施以宫刑，交由廷尉处置。

中国自古以来有四大刑罚，分别为黥刑、劓刑（切鼻）、刖刑（断腿）、宫刑。汉武帝的祖父——汉文帝在位时，废除了这四大刑罚中的三种，但仍留下了残忍至极的宫刑。所谓宫刑，是一种令男人不复为男人的残酷刑罚，而对于这刑罚又被称为腐刑的原因，有两种说法：一种说法称是由于其伤口会发出腐臭；另一种说法认为，被施以腐刑的男子将如腐木一般不再有开花结果的能力，所以如此命名。受过宫刑后的人被称为"阉人"。宫廷中的阉人都是宦官，可偏偏身为大夫的司马迁也遭受了宫刑。司马迁作为《史记》的作者为后世家喻户晓，然而在当时，太史令司马迁只不过是一名不足挂齿的文书小吏。虽然当时人人都说他思维明晰，但他过于自信，又不善与人交往，辩论时不甘落人之后，是个耿直顽固的"乖僻之人"。所以，对于他遭受宫刑一事无人觉得惊诧。

司马氏一族原是周朝的史官，后来入晋朝，仕秦王，再到大汉，司马家族第四代传人司马谈为汉武帝所用，于建元年间出任太史令。司马谈便是司马迁的父亲,他谙律、历、易,精道家之学,通儒、墨、法等诸家学说,并能集百家之长为己之所用。司马谈极为自信,而司马迁则几乎原封不动地继承了父亲的特点。司马谈给予儿子最深刻的教育,莫过于在传授他诸子百家学说之后,令他在国内四处游历。这一教育方式在当时可谓离经叛道,但也正因此成就了历史大家司马迁。

元封元年,汉武帝东巡,登泰山祭天,司马谈正在周南卧床养病。忠心耿耿的司马谈对于自己未能参加天子始建汉家之封愤慨之至,最终抱憾而死。司马谈的夙愿便是编纂一部贯穿古今的通史,然而他却在收集材料阶段与世长辞。司马迁将父亲临终前的场景详细地记录在了《史记》的最后一章:当时司马谈知道自己命不久矣,将司马迁唤至身边,紧握他的双手,叮嘱修史的必要性。他悲愤流泪,说自己虽为太史令,却未能完成此大业,使贤君忠臣的事迹空埋地下,有辱使命。他嘱咐司马迁"余死,汝必为太史。为太史,无忘吾所欲论著矣",并对司马迁千叮咛万嘱咐,这才是对自己所尽的最大孝道。司马迁俯首流涕,发誓定不会违背父亲之命。

司马谈逝后两年,司马迁果然子承父业官居太史令。他打算利用父亲收集的材料与宫廷中所藏书籍,继承父亲的修史大业。但司马迁被安排了修改历法的任务,一干就是整整四年。终于在太初元年,历法修改工作完成,他才得以着手编纂《史记》,时年司马迁四十有二。

　　对于修史，司马迁心底早已打好了底稿。他准备编纂一部新形式的史书，一部与以往史书全然不同的史书。他推崇《春秋》，但又认为该书重在从道义的角度批判历史，并没有充分地记录历史。他想要展现更多的历史事实，对于史书而言，史实比教化训诫更为重要。《左传》与《国语》中史实丰富，他也惊叹于《左传》叙事方式之巧妙，但令司马迁感到遗憾的是，尽管作者描绘了历史事件中的人物身影，却并未对每个人物进行鲜明刻画和深入描写，也没有对人物的出身和来历有详尽的调查。此外，以往的史书主要是对今人讲往事，却很少有向后人介绍现今发生的事。总而言之，司马迁所向往的东西，在自古以来的史书中都没有。司马迁认为既往的史书存在缺憾，可自己追求的究竟是什么，只有亲自下笔后才会清楚。将已经萌芽于胸很久的想法写出来，这比批判既往的史书更为有意义。或者说，只有创作出崭新的作品方能表达自己的批判之意。长久以来，他在脑海中构思的内容可否称为史，他并没有把握。不过，称得上也好，称不上也罢，总之这一作品（对于世人而言，对于后代而言，更是对于自己而言）是非完成不可的。在这一点上，他充满自信。司马迁效仿孔子，采取述而不作的写作方针，可同样是述而不作，司马迁的理解与孔子有着不同。对于司马迁来说，单纯以编年体列举事件并不能算作"述"，而如果过于强调道义评价,则会妨碍后人了解史实,这倒属于"作"的范畴了。

汉定天下历经五代,至此已有百年了,曾由于秦始皇的反文化政策而湮灭或是被藏匿起来的著作渐渐重见天日,人人都能感到文化兴盛的气运正蓄势待发。那一时期,不只是大汉的朝廷,整个时代都在期待史书的出现。对于司马迁本身来说,父亲的遗言激励了他,使他在学识、观察力以及文笔方面的能力不断提高,使他的想法不断发酵。他的工作进展得很是顺利,而苦恼也随之而来,原因是,在写《五帝本纪》和夏、殷、周、秦本纪时,他都是以一个史学专家的身份编排历史材料,以求准确严谨,然而在写完《秦始皇本纪》,进入《项羽本纪》的写作时,这位史学专家的冷静沉着的心态却发生了奇妙的变化——他有时会觉得项羽寄身于自己,或者说自己会化身成为项羽。

"项王则夜起,饮帐中。有美人名虞,常幸从;骏马名骓,常骑之。于是项王乃悲歌慷慨,自为诗曰:'力拔山兮气盖世,时不利兮骓不逝。骓不逝兮可奈何,虞兮虞兮奈若何!'歌数阕,美人和之。项王泣数行下,左右皆泣,莫能仰视……"

可以这么写吗?可以用如此热血的写作风格吗?司马迁心中疑虑。他认为自己的工作乃是"述",对于"作",他是极度警惕的。事实上,他所做的只是记述史实,但这一记述方式却很生动。倘若作者没有超常的视角,是断不会写下这样的文字的。他时常担心书中有"作",反复吟咏已经写就的部分,删掉了对历史人物过于生动的描写。这样一来，书中的人物停止了炽热生动的呼吸，也就不必担心史书成为"作"。然而，这样的项羽也就不再是项羽了吧。项羽也好，始皇帝也好，楚庄王也好，他们都是人，将不同的人物描写成同一个模子刻出来的角色，这算什么"述"？所谓"述"，难道不该分别描写所有人各自的风采吗？这么一想，他觉得须将之前删减的字句再度补回来。改为原先的文本后，司马迁再读，终于放下了悬着的心。想必项羽、樊哙、范增等历史人物，也都为在史书中找到自己的栖身之所而感到安心吧。

意气风发时的汉武帝是个高尚阔达、保护文教的明君，加之太史令一职是需要为人朴实者担任的特殊工作，因此能让司马迁避免官场上朋党比周、挤陷谗诬对其带来地位（甚至生命）的威胁。

虽然司马迁情商堪忧，但他开朗豁达，嬉笑怒骂随心，爱辩论，常将对手驳得体无完肤。在那些年里，他也算过得充实且幸福（当时的人们所认为的幸福，与当今人们所谓的幸福虽然在内容上大有不同，但是对幸福的追求却是一致的）。

可好景不长，几年之后，便飞来如此横祸。

昏暗的蚕室中有一间密闭的暗室，此时正燃着火，受宫刑后忌受风凉，所以受刑之人要在这里休养几天。温暖而黑暗的环境犹如养蚕用的房间，故而得名"蚕室"。司马迁此时处于难以名状的混乱中，他茫然地倚靠着墙壁。比起激愤，他感受更多的是惊诧。斩首也好，赐死也罢，平日里他早已有此心理准备，他甚至想象过自己被处决时的场景。进言褒扬李陵之时，他便想到了可能被赐死的下场。然而，在众多的刑罚中，他却偏偏被施以最令人耻辱的宫刑！也算是书生意气（他理所当然地以为自己一定会被赐死，竟没有料到还有可能受其他刑罚），尽管他想到自己命中会遭遇不测，却没有想到会遭遇如此不堪的事情。他有一个信念：每个人身上只会发生与此人相称的事件。这种信念是他在长期整理史料中形成的。他认为，同在逆境，慷慨之士迎来的是激烈、悲壮的痛苦，而软弱之徒则会面临缓慢痛苦的煎熬。即使起初人们面临的逆境看起来似与其秉性相悖，但他们对待逆境的方式不同，最终迎来的是与自己相应的命运。司马迁确信自己是男子汉，即便自己只是文吏，但他确信自己比当时的一些武将更称得上是堂堂男儿。不单他自己这么想，即便是对他不抱好感的人也都这么认为。按照司马迁自己的想法，他认为自己最悲惨的命运是车裂之刑，可万没想到，如今年近半百，竟蒙此大辱。他坐在蚕室中，觉得恍若梦境。他多希望这只是一场梦。他倚着墙壁，张开之前紧闭的双眼，看见在一片昏暗之中，三四个了无生气、失魂落魄的男人，他们散漫地或横卧或坐着。想到自己如今也是那副样子，他从喉咙里发出了一阵既像呜咽又像怒号的声音。

在连日来的悲愤与烦闷中，出于学者的习惯，司马迁时而思索，时而反省。他思考这一切究竟是哪里出错了，错在何人，又错在何处。不用说，他首先怨恨起了汉武帝。事实上他的内心一度被怨恨占满，无暇思及其他。然而，随着内心的狂乱过去后，作为历史学家的司马迁清醒了。与儒者不同，他深知应当以史学家的角度评价先王的功过，在对于汉武帝的评价上，他也当然不会凭个人恩怨乱写一气。汉武帝终归是一代天子。尽管他有很多缺点，但是只要他在位一日，大汉就太平无事。汉高祖暂且不提，一代仁君汉文帝、一代名帝汉景帝，与如今的汉武帝也不能相提并论。一个伟大的人物，他身上的缺点难免会被人放大来看。司马迁在极度愤怨之中也没有忘记这一点，他将此番经历当作天公降下的疾风暴雨与霹雳雷电，这想法让他感到有些绝望，但也反倒促使他看开了。

想到这里，司马迁不再怨恨武帝，转而怨恨起君主身旁的奸佞。不过想想，虽然他们是有错的，但这么做丝毫没有意义，因为对于自尊心颇高的司马迁而言，宵小之辈不配成为他怨恨的对象。于是他又想到另一些人——他从没有像现在这样痛恨这些所谓的"君子"。这些家伙比奸臣酷吏还要可恶。一想到他们的所作所为，司马迁就气愤不已。他们看似从容，为了不得罪人，保持沉默。他们既不为谁辩护，也不反驳他人；他们既无反省之心，亦无自责之情。丞相公孙贺就是这群人的代表。同样是行阿谀奉承之事，杜周（这人陷害上一任御史大夫王卿，然后自己顶替他上位）这厮是积极主动，但这世故的公孙丞相却沉得住气，就算说他是"全躯保妻子"之臣，想必他也不动声色。这群伪君子也不值得他去怨恨。

最终，司马迁将这愤懑之情转向了自身。实际上，如果一定要对谁燃起怒火，最后都会烧到自己。可是自己何错之有呢？无论怎么想，他都认为为李陵辩护没错，也觉得自己这么做并没什么不妥。只要没有自甘堕落于阿谀奉承之流，就要堂堂正正地说出是非曲直。为士者只要无愧于心，即使招致何种恶果，都甘愿承受。理应如此。因此，哪怕要被肢解、被腰斩，自己都绝无怨言，然而，最后迎接自己的竟是宫刑，这就另当别论了。尽管同是使人身体残缺，但这种刑罚异于断足、割鼻。这本不该是加之于士人的刑罚。不仅如此，如今这副身体，不管怎么说，都已被摧残，毋庸矫饰。心中的伤口也许会随着时光流逝慢慢愈合，可身体上丑恶的残缺将是终身的。

不管动机如何，这样的残缺之躯只会招来他人的一句"做错了"。但哪里错了？是自己哪里做错了吗？自己完全没有过错。自己只是做了正确的事情，如果非得说错，那自己的存在本身就是一种错。

司马迁还处于虚脱的状态，他坐在地上茫然地想着，突然他站起身，像一头受了伤的野兽，一边呻吟一边在昏暗闷热的蚕室里来回踱步。他无意识地来回行走，他的思绪也始终在同一个地方转圈，不知道该通向何处。

他在神志不清中一次又一次撞向墙壁，头被撞得血流不止，好在他并不是要自杀。他背负的耻辱比死亡更加令人生畏，因而他完全不怕死。为什么他没有一死了之？当然，监狱中没有自杀的工具。除此之外，内心深处似乎有什么东西在阻拦他赴死。起初他并没有注意到那是什么。尽管他在癫狂与愤懑中，无时无刻不在受到死亡的诱惑，但也依稀感到有一种力量在拉着他，让他打消自杀的念头。他在冥冥中觉得怅然若失，却又不知究竟遗失了什么。

在这一个月的崩溃凌乱中，司马迁并没有想到修史大业。直到获释回家闭门思过时，他才意识到，就算表面上忘记，但在潜意识中，正是对这一终生事业的执着在阻拦他走向死亡。

十年前父亲临终时，在病榻上紧紧握着自己双手，悲泣着留下遗言，那一字一句又在他耳边回响起来。如今，历经惨痛的司马迁之所以决心完成修史大业，不仅仅因为这是父亲的遗愿，说到底还是因为修史本身。这并不是说修史这一工作充满魅力，或是他对修史充满热情。尽管司马迁身负修史这一重要使命，但他并没有因此昂然自持。他曾是一个相当自我的人，这次的事件促使他深入思考自己是多么渺小不堪。他明白，自己曾轻狂地谈论理想、谈论抱负，但其实自己不过是路边任人随意践踏的虫蚁罢了。尽管自我已被狠狠地挫伤，但修史的意义依旧不容置疑。如今沦落到如此不堪的境地，自信与自尊都已失尽，却还要苟活于世，继续修完史书，无论如何都不会感到轻松。司马迁意识到这是自己的宿命，无论如何，都无法改变。他清楚地体会到，正是因为这一大业，自己才没能走向死亡，这不只是一种责任感，而更像是自己本身与这份事业有了割舍不断的关联。

此时此刻，如失明野兽一般的癫狂和痛苦不见了，取而代之的是一种更加自觉的、唯人类独有的悲酸苦楚。意识到不能自杀，同时他也渐渐意识到，除自杀之外，再没有其他能够逃离苦恼与耻辱的道路。就这样，那个堂堂丈夫——太史令司马迁在天汉三年的春天已经"死"了，而此后继续编纂他遗留书作的，只是一个既无知觉也无意识的书写机器罢了。他没有其他选择，为了完成修史大业，无论有多艰难，他都要活下去，而为了活下去，就必须深信此身已死。

天汉三年五月，司马迁再次执笔。此时他心中既无喜悦，亦不昂扬。他夜以继日地写作，就像一个拖着伤腿的旅人，在意志的狠狠鞭笞下艰难前进，一步一步迈向目的地。汉武帝早已罢免了他太史令一职，后来心生悔意，便又封他做中书令，但这对他来说没有任何意义。昔日热衷论辩的他变得缄默不语，脸上没有任何表情。然而他并非萎靡不振，虽然缄默不语，周身却透露出一种不言而威的气势。为了修史，他不眠不休，他的家人甚至怀疑他是想快点完成这份工作，尽早获得自杀的自由。

经过一年艰苦卓绝的写作，他发现，尽管自己丧失了生的喜悦，但对表达的渴望还是生生不息。即便这样，他依然沉默无语，也没让人觉得他变得和蔼一点。在创作中，每当要写下"宦者"或"阉奴"等字眼时，他都会情不自禁地痛苦呻吟。白天独处一室时，夜里躺在榻上时，一想起胯间的耻辱，那烈火灼烧般的痛苦就瞬间蔓延至全身。每逢此时，他就会不自觉地跳起来，一边发出怪叫，一边满屋子徘徊，然后咬紧牙关，努力迫使自己沉静下来。

三

在厮杀中昏厥的李陵在单于点着油脂灯、燃着兽粪取暖的帐房中睁开了双眼，顷刻间他意识到，摆在面前的只有两条路：一是刎颈自绝，免受其辱；二是暂且假意逢迎，看准时机逃回大汉——还要带够一份"大礼"弥补败军之过。李陵决心选择后者。

单于亲手为李陵松绑，又极为隆重地招待了他。

这位且鞮侯单于是上一任单于——呴犁湖单于之弟，他身材魁梧、圆眼赭髯，是个威风堂堂的大丈夫。他直言道，自己曾跟随数代单于与汉人交战，至今尚未遇到李陵这样强劲的对手，同时他还提到了李陵的祖父李广，以李广之名夸赞李陵骁勇善战。在胡地，人人皆知飞将军李广的鼎鼎大名，知他英勇射虎、箭可穿石。单于之所以厚待李陵，既因为李陵乃强者后代，也因为李陵实力过人。依据匈奴的传统，在分配餐食时，也是强壮者优先享用美食，弱者只能领到剩余之物。在这里，绝不会有人使强者受辱。身为降将的李陵受到贵宾一般的礼遇——拥有一顶穹庐与数十名侍者。

对李陵来说，一种奇异的生活拉开了序幕。他住的是绒帐穹庐，吃的是膻肉荤腥，饮的是酪浆兽乳及乳酪酒，穿的是狼、羊、熊皮缝制的毡裘。匈奴人的生活只有畜牧、狩猎与劫掠。在一望无际的高原上，以河流、湖泊、山脉为界划分了不同区域。除单于直辖的地区以外，下划分为左贤王、右贤王、左谷蠡王、右谷蠡王及以下诸位王侯的领地，牧民们只能在其所隶属的领地中迁移。胡地无城郭，无耕田，虽说分布着村落，但村落的位置也会随季节变迁而迁移至水草旺盛之地。

单于没有分给李陵土地。他和单于麾下的诸位将领一样，时时跟随单于左右。李陵时刻寻找机会试图取下单于的首级，但机会并不会那么容易到来。假设他成功刺杀了单于，若非天赐良机，要想带着单于首级逃离胡地是绝无可能的。而单于在胡地被刺杀，对于匈奴来说是奇耻大辱，匈奴人必定将此事隐瞒，所以大汉无人能知晓此事。李陵忍辱负重，默默等待那几乎不可能到来的良机。

单于的幕下，除了李陵外还有几个汉朝的降兵。其中有一个名叫卫律的男人，他并不是军人，但却位居丁灵王，受到了单于的重用。卫律的父亲是胡人，但卫律出生于汉朝都城，并在那里长大，后来又效忠汉武帝。前些年，与他相交甚好的协律都尉李延年因弟弟李季奸淫后宫被连坐，卫律担心自己也受牵连，于是便逃亡胡地，归顺了匈奴。因身体流着胡人的血液，卫律很快就适应了胡地的生活，而且卫律相当有才华，常伴单于左右，为其出谋划策。李陵几乎不曾与以卫律为首的归顺匈奴的汉人有过交流，他认为这里没人能和他一同完成自己策划的大事。他与在这里的汉人之间有一种微妙的隔阂感，彼此之间没有什么亲近往来。

单于曾有一次召见李陵，请教他军事战略的问题。那是对抗东胡的一场战役，李陵爽快地阐述了自己的意见。后来单于又与李陵详商与汉军的战事，李陵毫不掩饰拒绝之情，闭口不言。单于倒也无意强逼他作答。没过多久，单于请他率领胡兵南下劫掠汉朝代郡与上郡两地。李陵明确表示自己不会参与对汉朝的战争，于是单于再也没有向李陵提出类似的要求，但对他礼遇一如往常。看来单于并没有利用他的目的，只是单纯地礼贤下士。李陵感叹道，这单于是个铁血汉子。

单于的长子左贤王开始对李陵示好。与其说示好，倒不如说示敬。左贤王年方逾二十，虽然行事略鲁莽，但却是个认真且勇气过人的青年。他对于强者的赞美之情，十分纯粹且强烈。据说，他还去李陵的住处，向李陵请教骑射之技艺。谈到骑射，左贤王骑艺过人，并不逊色于李陵。尤其是在骑裸马这一技艺上，左贤王远远强过李陵，所以李陵决定只传授给他射箭的技艺。左贤王是个十分谦虚好学的徒弟，每当李陵谈及自己的祖父李广出神入化的射箭能力，他便两眼放光，入神地听着。这两人常常一同去狩猎，他们骑着骏马驰骋旷野，几圈下来，能射猎到不少狐、狼、羚羊与野鸡等猎物。有一次，天色渐晚，两人骑骏马驰骋，在离侍从很远的地方被群狼包围了，但箭矢已用尽。他们策马狂奔，试图突破狼群的包围，而其中一匹狼狠狠咬住了李陵胯下马匹的后腿，从后面赶来的左贤王迅速掏出弯刀，干脆利落地向那匹狼砍去。事后检查，发现他们的坐骑都已被狼群撕咬得皮开肉绽，满是鲜血。那天夜里，两人在帐篷中烹煮享用捕获的猎物，他们一边呼呼吹着热气一边啜饮。望着火光映照下单于这年轻的儿子，李陵心中一热，突然涌起了惺惺相惜之情。

天汉三年的秋天，匈奴再次进犯雁门。为报此仇，第二年，即天汉四年，汉武帝派贰师将军李广利率骑兵六万、步兵七万出征朔方，强弩都尉路博德则负责带步兵一万做后援。各路军马也纷纷动身:因杆将军公孙敖率骑兵一万、步兵三千出雁门,游击将军韩说率步兵三万出战五原。这是近几年来罕有的大型北伐战争。接到消息后,单于立刻下令将妇女、老幼、畜群与资财等一并转移至余吾水[1]以北,他亲自率十万精骑至余吾水南的大草原迎击李广利、路博德的大军。两军连战十余日,汉军最终不得不退兵。拜李陵为师的左贤王率领另外一队人马朝东方奔去,迎击因杆将军公孙敖的部队,大获全胜。位于汉军左翼的韩说也被匈奴击退了。此次北征彻底失败。如前所述,李陵没有出现在与汉军交战的阵中。他随牧民退至余吾水北,但是却默默关心着左贤王的战绩,他意识到这一点后愕然不已。从大局来看,他无疑希望汉军力克匈奴,大获全胜。然而当他察觉到自己无论如何也不愿左贤王打败仗时,便陷入了强烈的自责。

公孙敖被左贤王击败后撤回长安,由于无功而返、损兵过半,他面临着入狱的风险。他的说辞颇为巧妙,他向汉武帝进言,从俘虏口中得知,匈奴大军之所以强大,是因为从大汉来降的李将军时常操练胡兵,授以兵法,故而自己的军队才打了败仗。当然,这并不能成为公孙敖战败的借口,汉武帝没有赦免他的罪过,但在听了这番话后,汉武帝对李陵更是怒火中烧。曾被赦令放回家去的李氏一族再度被收监,上至李陵的老母,下至他

---

[1] 地名,今蒙古国土拉河。

的妻儿、兄弟全部被处死了。但凡陇西（李陵祖籍陇西）出身的士大夫皆以家乡出了李陵而感到耻辱，这已成为当时浅薄世人中的常态。

李陵知道这一消息已是半年后。那一日，他在一个从边境被绑来的汉兵口中得知这一切，他站起身来一把抓住那汉兵的前襟，猛烈地摇晃着，想确认此事的真伪。当得知那汉兵所言句句属实后，他不由咬紧牙关，不知不觉间力气都凝聚在双手上。那汉兵奋力挣扎，口中发出痛苦的闷哼。李陵的手在无意间紧紧扼住了那汉兵的咽喉。当他松开手后，那汉兵咣当倒地。李陵并未理会，径直朝营帐外飞奔而去。

他在原野上失魂落魄地走着，强烈的愤怒在脑海中不住打转。一想到自己的老母与幼儿，他的心就如烈火灼烧般疼痛难忍。他一滴眼泪也流不出来，想是他的眼泪已被那极度的怒火烧干了。

不仅这一次，自汉朝以来，李氏一族都受到了怎样的对待啊！他想起了祖父李广的下场（李陵的父亲李当户在李陵出生数月前便死了，李陵是遗腹子，一直以来培养他的都是其名声在外的祖父李广）。名将李广数次北征，战功赫赫，但却因奸佞小人的构陷，没有受到任何恩赏。部下诸位将军一一封官加爵，但唯独这位廉洁的将军不仅没有被封侯，自始至终都过着清贫的生活。最后，李广与大将军卫青起了冲突。卫青不愧是大将军，念及李广乃一代老将没有追究，但卫青麾下有一军吏却狐假虎威，羞辱李广。老将激愤不已，当场在军营之中自刎。直到现在，李陵都清楚地记得，年少的自己听闻祖父死讯后，悲痛失声……

李陵的叔父（李广的二儿子）李敢又落得什么下场呢？李敢因父亲惨死而埋怨卫青，于是独自前往大将军府羞辱卫青。大将军的外甥——骠骑将军霍去病耿耿于怀，在甘泉宫狩猎时射杀了李敢。汉武帝明知道真相，却维护骠骑将军，对外宣称李敢是被鹿角抵死的……

与司马迁不同，李陵此时的感情更为纯粹。除了有点后悔没能早点实现那希望渺茫的计划——取下单于的首级逃离胡地，只有对汉武帝的满腔怒火。问题是这股怒火该如何宣泄？想起那汉兵说"陛下听闻李将军在胡地教习胡兵而勃然大怒"，他终于有了一点头绪：虽然自己并不曾训练胡兵，但胡地还有一位名叫李绪的汉朝降将，他是塞外都尉，负责看守奚侯城，自从归顺匈奴后，常常给胡兵教授军法、操练军队。半年前，李绪所带的军队也随着单于与汉军（并非公孙敖所率的军队）展开了厮杀。李陵心想，一定是两人同为"李将军"，有人把自己与李绪给搞混了。

那一夜，他孤身走进了李绪的帐幕之中，一言未发，也不给李绪说话的机会，用力一刺，李绪命丧当场。

翌日一早，李陵向匈奴单于坦白了自己的所作所为。

"不必多虑,"单于说道,"不过家母大阏氏会有几句怨言罢了。"虽然单于之母年事已高,但却与李绪有着羞于见人的关系。单于已然知晓此事。根据匈奴的习俗,父亲亡故后,长子要将亡父之妻妾尽数纳为自己的妻室,只有生母不在此列。匈奴极度尊崇男尊女卑,唯独在尊重生母这一点上与他人无异。单于接着补充说:"希望你能暂时去北方躲避一阵子,过些时候我会派人接你回来的。"按照单于所说,李陵带着侍从一路前往西北,避身于兜衔山(额林达班岭)的山麓带。

没过多久,单于之母大阏氏因病身亡,单于又将李陵唤至庭前,此时李陵仿佛变了一个人。他之前一直拒绝与汉军对战,这时竟然主动要求出击汉军。单于不禁大喜,任命李陵为右校王,并将自己的女儿许配给他。此前匈奴单于也有此意,但李陵一直回绝。这次李陵竟毫不犹豫地娶了单于之女为妻。正逢匈奴有一支军队即将南下劫掠酒泉、张掖边境,李陵请缨随军一同前去。然而,胡兵在向西南行进时,偶然路过浚稽山山麓,李陵的心头蒙上了一层阴云。他想到自己麾下的将士们战死在这里,此刻自己正踏在埋着他们尸骨、浸着他们鲜血的沙地上,他顿时失去了南下与汉兵相战的勇气,于是称病独自骑马返回了北方。

第二年,即太史元年,且鞮侯单于逝世,与李陵相交甚好的左贤王即位,即狐鹿姑单于。

官至匈奴右校王的李陵内心仍不明晰。尽管灭族的怨恨深彻骨髓，但是从先前的经历中他也知道，自己是无法做到率领胡兵与汉军交战的。虽然他立下誓言，此生再也不踏入汉地，但是能否入匈奴之风，终身安居于此呢？虽然他对新任单于怀有友情，但他并没有自信。李陵不喜欢思考这些，每当他感到焦躁不安时，他总会骑上骏马独自在旷野中驰骋。秋日湛蓝的天空下，铮铮的马蹄声在四野回响，李陵发了狂般策马奔腾，分不清自己身处草原还是丘陵，就这样奔驰了数十里，人与马都精疲力竭，便在高原中找一条小溪饮马。李陵仰面躺在草原上，沉醉在令人爽快的疲劳感中昏昏欲睡，他往上一看，碧蓝的天空何其干净，何其高远又何其宽广，他脑海中跃出一个念头：人不过沧海一粟，为何要拘泥于在汉或在胡呢？稍做休息后，他再次跨上马背，不顾一切地策马奔去。他整日骑马，直至余晖将尽，天际出现袅袅金云，才回到营中。身体上的疲劳是他唯一的救赎。

有人告诉李陵，司马迁因为替他辩解而被降罪。李陵既没有十分感激，也没有流露过分的同情。他与司马迁不过是点头之交，没有过密的交情。甚至他觉得司马迁只知与人争论，十分聒噪。李陵现在无法对他人的不幸感同身受，他还沉浸在自己的痛苦中不能自拔。虽然他还没有偏激到认为司马迁多管闲事，可也没有对司马迁的遭遇感到抱歉。

初来胡地时,李陵觉得胡地皆是野蛮、滑稽之相,但李陵渐渐理解到,如果考虑到这里实际的气候环境,这些看似野蛮的风俗也就变得顺理成章了。倘若不穿皮革制成的厚实胡服,便无法抵御漠北的寒冬;倘若不食肉,便无法在严寒中储蓄能量;从胡人游牧的生活状态来看,没有固定的屋舍是必然结果,不能因此贬低他们。假使在胡地保持汉人的生活习俗,只怕连一日都挺不下去。

李陵犹记上一位单于且鞮侯的一番话:汉人道大汉乃礼仪之邦,责难匈奴的行径近乎禽兽异类。汉人口中的礼仪是何物呢?难道不是用虚伪的表面来掩盖丑陋的内里吗?要说嫉妒他人、追名逐利,汉人与胡人谁更甚呢?再说沉迷美色、贪图富贵,又是哪一方更厉呢?剥开虚假的表面,二者并无不同。只不过汉人知道掩饰,而我们胡人不知而已。语罢,单于又列举了汉初以来宫廷骨肉相残、诬陷功臣的实例,李陵一时词穷,无言以对。实际上,李陵身为一介武将,曾多次质疑大汉那刻意而为的烦琐规矩。有时李陵会想,诚如单于所说,比起汉人躲在美名之下的阴险狡诈,胡人的粗野正直更好一些。李陵渐渐认识到,把大汉之风当作正统,视胡人之俗为卑贱鄙陋,这是汉人的偏见。汉人在取完名后,还要另取一个字,人人都不问理由,深以为然,但仔细想来,取字一事并没有绝对的必要。

李陵的夫人性格温顺,她在丈夫面前总是战战兢兢、噤若寒蝉。然而儿子却并不畏惧父亲，常摇摇晃晃地爬到他膝上。李陵出神地看着儿子的小脸，头脑里浮现出数年前的长安城，李陵突然想起家仇——孩子随母亲、祖母，都已被杀害了——他陷入惆怅之中。

早在李陵投降匈奴的前一年，汉朝的中郎将苏武被迫留在了胡地。

苏武本是汉武帝派去胡地交换俘虏的和平使节。因使团中的一位副使卷入了匈奴内部纷争，导致使团全员被囚禁于胡地。单于并不是真想杀他们，而是以死胁迫他们投降。唯独苏武一人不仅不肯投降，为了免于受辱，他甚至引刀自刺胸膛。面对昏倒的苏武，胡人采取的急救措施十分怪异。据《汉书》记载，胡人"凿地为坎，置煴火，覆武其上，蹈其背，以出血"。多亏这种怪异的治疗，苏武昏厥半日后醒了过来。数月后，苏武的身体康复了。且鞮侯单于十分欣赏苏武，派卫律劝降，结果苏武不留情面地把卫律怒骂了一顿，卫律受尽羞辱只得作罢。随后，苏武被幽禁于地窖之中，以雪水和毡毛充饥，后被发配至荒无人烟的北海（贝加尔湖）之畔牧羊，直至公羊产乳方可返回，这段故事早已耳熟能详。总而言之，在李陵被迫下定决心在胡地过完自己苦闷的余生时，苏武已经独自在北海牧羊很久了。

苏武是与李陵相交二十余年的好友，过去两人同时入朝任侍中一职。在李陵心中，苏武其人十分固执，不善变通，但无疑是铁骨铮铮之士。天汉元年，苏武北上后不久，他的母亲便病逝了，李陵为苏武之母送葬，一路行至阳陵。在即将北征之际，听说苏武的妻子得知丈夫极可能不会再回来，便改嫁他人，李陵还为自己的好友义愤填膺，痛恨苏武妻子的薄情。然而，他却没有料到有朝一日自己会降匈奴。自那之后，他便再也没有动过与苏武重逢的念头。对于李陵而言，苏武迁徙至遥远的北方，见不到他，反倒让李陵轻松。尤其在遭满门抄斩，决心不再回大汉之后，李陵干脆避免与这持汉节的牧羊者会面。

狐鹿姑单于继位数年后，曾一度有传闻称苏武生死不明。狐鹿姑单于回想起，是有一位顽强不屈、始终没有投降于父亲且鞮侯单于的汉使。狐鹿姑单于听闻李陵是苏武的故交，便命李陵前去确认苏武的安危，若苏武健在，则再尝试劝降。李陵迫不得已只好北行。

李陵沿着姑且水北上，到郅居水汇流处往西北走向森林。河岸边尚有几处积雪未化，走了数日，李陵终于看到森林与原野旁边那碧波荡漾的北海。带路的是当地一名丁灵族人，他带李陵一行人来到一间破落的小屋前。小屋里的人许久未听到人声，一时惊慌不已，手持弓矢走出门来。面前这个男子从头到脚裹着兽皮，须髯丛生，犹如黑熊，李陵过了好大一会儿才从他身上找到昔日栘中厩监苏武苏子卿的音容笑貌。这男子要从面前这穿着胡服的大官身上觅得骑都尉李少卿的影子,更是需要时间——苏武并不知道李陵现在效命于匈奴。

李陵内心中的感动一瞬间盖过了此前竭力避免与苏武见面的心绪。两人一时间都说不出话来。

李陵的手下很快在附近搭好了几顶穹庐,这片无人之境一下热闹起来了。很快,备好的酒食纷纷送进小屋。入夜,屋中传出罕有的欢笑声,惊散了林中的鸟兽。李陵一行人在这里滞留了数日。

要解释自己如今身着胡服的缘由,的确辛酸。然而,李陵尽数道来,没有丝毫隐瞒。苏武则若无其事地讲述自己数年间的悲惨生活。多年前,匈奴於靬王狩猎时偶然路经此地,他同情苏武的遭遇,遂连续三年为苏武提供衣食。但在於靬王死后,苏武沦落到在冰冻的大地上挖野鼠充饥的地步。有一群剽悍的强盗将苏武养的羊尽数偷走,这些事以讹传讹,才有了苏武生死不明的传言。李陵告诉苏武,苏武的母亲已亡,但没将苏武的妻子抛弃孩子改嫁他人一事说出口。

这个男人是凭借什么活下去的呢?李陵好奇不已。难道他仍在盼望重回大汉吗?从苏武的话中判断,他似乎已不抱任何希望了。那么他究竟为了什么而甘愿忍受如此悲惨的生活呢?投诚单于便可得到重用,但李陵知道苏武是绝不会这样做的。让李陵感到奇怪的是,苏武为什么没有早早了断自己的性命。李陵之所以没有亲手了结自己，是因为不知从何时起，他已在这片土地扎下了根，埋下了感恩、热爱以及情谊。他即便自杀，也不算是为汉效忠。可是苏武不同，他对胡地没有什么牵挂。若说到对大汉的忠义，那么一直手持节杖在旷野忍受饥饿，与立即烧毁节杖自刎没有什么差别。苏武刚被匈奴俘虏时立刻引剑自刺，想必他现在也不会有怕死之心。李陵回忆起苏武年轻时执拗的性格——固执到令人觉得滑稽。也许在苏武眼里，单于用荣华富贵诱降处在极度困窘中的他，如果自己抓住诱饵，归顺匈奴，又或者自己不堪忍受苦难而自裁都算是败给了单于（或者是败给由此象征的命运）。在李陵眼中，现在与命运顽固对抗的苏武并不滑稽可笑。如果把为气节而忍受难以想象的困苦、贫乏、严寒与孤独（何况这些将会持续漫长的时间，从现在直到他死去）视为固执，那只能说这种固执悲壮得令人钦佩。以前，固执的苏武多少有点不成熟，但如今这种固执转变为成熟的隐忍，李陵不禁惊叹起来。而且，苏武并没有期待自己的行为能被大汉所知，他也未曾期待过自己能被汉人接回去，他甚至都不曾想过有人将自己身处不毛之地，长期与困苦生活对抗的"事迹"告知大汉或者匈奴单于。他甚至可能准备好孤独赴死，在生命的最后回首自己的一生，嘲笑命运的打击，然后心安理得地死去。无人知晓自己的事迹，倒是少了些麻烦。李陵想到自己曾想取下且鞮侯单于的首级，但因担心即使实现了这一目标，也不能携带单于首级逃离胡地，大汉便无人知晓自己的功劳，费尽心思却落得一场空，所以他始终都没有下手。如今站在不在乎自己事迹是否被人所知的苏武面前，李陵羞愧难当。

两三日后，最初的激动已过，李陵心中打下了一个结。因为无论谈及什么，他总会不自觉地把自己的过去与苏武的过去进行对比。他甚至将两人的身份进行这样定义：苏武是忠义之士，自己是卖国奴。眼前的苏武透露出多年以来在寂静的森林、原野与河流中磨砺出来的威严，自己唯一的借口以及因此积累多年的苦恼变得很是不屑。而且随着相处的日子增多，李陵觉得苏武对待自己，仿佛富贵者对贫贱者——因自己的优越而宽容对方，这或许是他的错觉，虽然说不清源自何处，但是这感觉总是不自觉地浮上心头。在衣衫褴褛的苏武眼中，时而会浮现出一丝怜悯之色，这是让身着豪华貂裘的右校王李陵最为害怕的。

停留了十日，李陵便与旧友道别，黯然南下了。临行前他在苏武的小木屋里留下了充足的粮食与衣物。

李陵最终没有按照单于的嘱咐劝降苏武。苏武的志向显而易见，倘若再出言相劝，无异于在苏武面前自取其辱。

南归以后，李陵脑海中无一日没有苏武的身影。分别后再回想起来，苏武高大的形象在自己面前仿佛更加威严。

本来李陵也不认可自己投降于匈奴，但他相信，如若从自己为故国的付出和故国给予他的回报来看,纵使是多么不讲情面的批判者,也一定能理解自己迫不得已的选择。可现在却有这样一个人,他的遭遇比任何人都迫不得已,但他却决不允许自己妥协。

无论是饥饿、严寒、孤独,还是祖国的冷漠,自己的苦节无人知晓,对于这个男儿来说,都不能成为改变他气节的"迫不得已"。

对于李陵来说,苏武的存在既是崇高的训诫,亦是让人心神不宁的噩梦。李陵时不时会派人前去查看苏武是否安好,并赠以食物、牛羊、绒衣。他想见苏武,又躲避着苏武,这两种想法常常在他的心中打架。

数年后,李陵又一次前去造访北海之畔的小木屋。他在途中遇到了戍守云中[1]北部的卫兵,从他们的口中得知,近期在汉朝边境,太守以下的官吏与平民人人皆着白衣。倘若人人缟素,那定是为天子服丧了。李陵明白是汉武帝驾崩了。到北海之畔后,李陵将此事告知苏武,苏武面向南方号啕大哭,一连数日,直至呕血。见到苏武这般模样,李陵心情晦暗低沉,他从未怀疑苏武的真情实感,面对苏武那纯粹且猛烈的悲鸣,也并非毫不动情,但

---

[1] 地名,位于今内蒙古托克托东北。

他并没因此而流出一滴眼泪。尽管苏武没有像李陵这样经历灭门之痛，但苏武的兄长只因扶辇车时出了一点差池，苏武之弟则因追捕犯人不力，都被迫引咎自杀，无论怎样都不算是受到了汉廷的厚待。如今苏武真挚的痛哭让李陵意识到，之前他只是觉得苏武气节高尚，实际上，在那气节之下还充满了对大汉故土难以言喻的真挚和热爱（这不像义、节这样由外界强加于自身的感情，而是难以自抑地从心底汩汩涌出的、最为切身而自然的爱）。

李陵看到了自己与好友之间最本质的差别，对自己的本性产生了深深的怀疑。

李陵从苏武的住处回到南部，与大汉派来的使者相逢。他们是汉朝的和平使节，来宣布汉武帝死讯与汉昭帝即位的消息，以期与各地建立友好关系——虽然这种友好往往持续不了一年。没想到，担任使节前来胡地的竟是李陵的故人——陇西的任立政等三人。

那一年二月，汉武帝驾崩，年仅八岁的太子弗陵即位。按照武帝遗诏，由侍中奉车都尉霍光担任大司马将军辅政。霍光过去也与李陵交好，左将军上官桀也是李陵的故人，二人商议接回李陵，特地选李陵的旧友为使节正是出于这一缘由。

使节在单于面前完成公务后接受了隆重的招待。以往总是由卫律负责接待和应酬，但因这次来的是李陵旧友，卫律也不便露面强出风头。任立政虽然见到了李陵,可在一众匈奴大官面前不能开口提归汉一事。他隔着座席冲李陵使眼色,时不时抚摸自己的刀环,暗暗向李陵示意。李陵注意到了,也察觉到任立政不能开口的难处,然而却不知如何回应。

宴会后,只剩下李陵与卫律等人用牛酒和博戏招待汉使。任立政对李陵说:"汉朝如今大赦天下,万民皆享太平仁政之福泽。新帝尚幼,由君之故友霍子孟、上官少叔辅主上……"立政看出卫律已完全变为胡人——事实也的确如此——故而不敢在卫律面前明目张胆地说服李陵,仅仅提到了霍光与上官桀之名试图引起李陵注意。李陵默而不答。过了一会儿,李陵紧紧注视着立政,抚了抚自己的头发。那头发也已编为椎结,不是大汉之风。卫律以更衣为由离席。立政这才毫无隔阂唤李陵的表字:"少卿啊,多年来受苦了。霍子孟与上官少叔托我给你问好。"立政像是避免李陵用生分的语气回问二人安否一般,紧接着开口道:"少卿啊,回来吧,富贵等都不在话下。什么都别说了,回来吧。"刚从苏武之处回来的李陵,面对朋友真切的话语不免动心。然而不必细想,自己无论如何也回不去了。"归易耳,恐再辱,奈何?"话未尽,卫律返回座席。二人便闭口不言了。

宴会散去,分别之际,任立政若无其事般行至李陵身畔,再度低声询问李陵是否归汉。李陵将头一扭,答:"丈夫不能再受辱。"李陵说得有气无力,但这并非惧怕卫律听到。

五年后，即汉昭帝始元六年夏，苏武本以为自己会就这样客死北方，无人知晓，而竟在偶然间得到了回汉的机会。有一个家喻户晓的说法，说大汉天子在上林苑射得一雁，雁足上束有苏武的帛书云云。这种说法虽流传甚广，但毫无疑问，这只是为了驳倒单于称苏武已死的谎言而用的计策罢了。其实是当年跟着苏武出使匈奴的一个名为常惠的随从遇到汉使，告知汉使苏武尚在人世，还教汉使利用这一计策来救出苏武。汉使迅速前往北海，将苏武带到单于面前。李陵的内心动摇了，无论能否重回大汉，苏武都是伟大的，他的行为照见了李陵内心不堪的一面。这也算是苍天有眼。即便李陵认为自己过去没有做错，但很明显，只要汉朝有苏武在，李陵就会为自己的过去感到羞愧。何况，苏武之事迹受天下人赞扬，深深触动了李陵，而自己懦夫似的心存千结，这不就是出于对苏武的艳羡吗？

临别时，李陵为故友设宴，欲言之词堆叠如山，但无非是当初降于胡人时，自己志在回汉，后来壮志未酬，故国的族人尽被斩首，如今已没有了回去的理由。可倘若说出这番话，就像是在埋怨了，于是他一言不发，只是在兴酣时，站起身来起舞歌唱：

径万里兮度沙漠，

为君将兮奋匈奴。

路穷绝兮矢刃摧，

士众灭兮名已隤。

老母已死，虽欲报恩将安归。

唱着唱着，李陵声音颤抖，眼泪沿脸颊流下。他斥责自己不够阳刚，却又无可奈何。

苏武启程了，终于回到了阔别十九年的故国。

司马迁一直在孜孜不倦地写书。

放弃自己生命的司马迁已化作书中的人物。他在现实中不再开口，却在书中借鲁仲连之舌喷发烈烈火焰。他时而化作自毁双目的伍子胥，时而变作呵斥秦王的蔺相如，时而成为泪别荆轲的太子丹。他叙说着楚国屈原的忧愤，写到屈原即将投身汨罗江时，他大篇地引用《怀沙》，甚至不由觉得这辞赋仿佛为自己所写。

自起稿起已有十四载，遭宫刑已过八年，在发生巫蛊之祸和戾太子悲剧时，这部父子相传的著作按照他最初的构想已初步完成。随后他增删修订，在反复推敲中又过了数年。在汉武帝驾崩之前，司马迁终于完成了一百三十卷共五十二万六千五百字的《史记》。

写完了列传第七十篇《太史公自序》，司马迁搁笔，凭几而坐,怅然若失,从心底深深发出一声叹息。庭前槐树茵茵,他久久凝望前方,却什么也没有看到。虽然耳朵放空,但他听到庭院里的蝉鸣。此刻本该高兴,但是率先涌上心头的却是彷徨、漠然、寂寞与不安。

《史记》收入廷中,他到亡父墓前告慰,仍然惴惴不安。当这一切都结束后,司马迁身心陷入虚脱的状态,仿佛附体神灵离开后的巫师。六十岁出头的他仿佛忽然老了十多岁。汉武帝驾崩也好,汉昭帝即位也罢,对于已经心如死灰的太史令司马迁而言,都已毫无意义。

前文提及任立政一众前往胡地造访李陵,待他们再回长安都时,司马迁已与世长辞了。

关于李陵与苏武分别以后的事,历史上并未留下确切的记录,只有一句"元平元年死于胡地"而已。

与李陵交好的狐鹿姑单于死去后,开启了其子壶衍鞮单于的时代。新单于即位时,左贤王与右谷蠡王发起内乱,不难想象,当初与大阏氏及卫律作对的李陵身不由己地卷入了纷争。

据《汉书》的《匈奴传》记载,李陵的儿子拥立乌籍都尉为单于,与呼韩邪单于对抗而告败。此事发生于汉宣帝五凤二年,正值李陵死后的第十八年。书中只记作李陵之子,并未记载其姓名。

赵国都城邯郸有一男子名唤纪昌，他立志成为天下第一的神射手。纪昌四处物色值得拜师的人。说到射箭，名射手飞卫可谓举世无双。据说飞卫可百步穿杨，而且已达百发百中的境界。于是，纪昌便不远万里，拜于飞卫门下。

飞卫对新入师门的纪昌道："尔先学不瞬[1]，而后可言射矣。"纪昌返回家中后便钻进妻子的机杼下，仰面躺在地上。只见踏板飞速地上下翻转，纪昌紧紧地盯着踏板，眼睛一眨不眨。为练不瞬，他很是下功夫。不知缘由的妻子见状大惊，且不说别的，丈夫以如此古怪的姿势和角度注视自己，觉得好不自在。纪昌呵斥心生不悦的妻子，让她继续织布。日复一日，他就以如此滑稽的姿势练习不瞬之术。两年后，即便织布机的踏板掠过睫毛，纪昌也绝不眨眼。纵使拿锐利的锥子刺向他的眼睑，或者有火星意外飞入眼中，或是眼前突然扬起灰尘，他也绝不会眨一下眼睛。他的眼睑已然失去了闭合的功能，连夜里熟睡时，他的眼睛也睁得顶大。最后竟有一只蜘蛛在纪昌的上下睫毛之间织起了网。他自觉练就了真功夫，便将此事告知了师父飞卫。

听到这事，飞卫开口道："未也，必学视而后可。视小如

---

[1] 即不眨眼。

大,视微如著,而后告我。"

纪昌再一次回家去了,这次他从里衫的针缝处找到一只虱子,用自己的头发系好,悬挂在朝南的窗上,日复一日,终日观察。起初他看这只虱子只是一只普通的虱子,看了二三日,什么变化都没有。然而十余日后,或许是出现了错觉,这虱子仿佛在逐渐变大。到第三个月结束时,这虱子在他眼中已大如蚕。而窗外面的风景也在更迭。原本和煦的春日暖阳在不知不觉中变成了夏日刺眼的阳光,大雁似乎刚从湛蓝的秋空飞过,就飘下了纷扬的雪花。纪昌坚持不懈地盯着这只用头发绑住的有吻类、能让人产生瘙痒的小节足动物。三年过去了,虱子更换了几十只。一天,纪昌在不经意间发现窗边的虱子竟已大如骏马。功成!纪昌高兴得猛拍膝盖,他走出屋门,发现人如高塔,马如高山,猪如高丘,鸡如城楼。他雀跃不已,简直不敢相信自己的眼睛。返回家后,他面向窗边,手握燕地出产的饰有牛角的强弓,取朔北蓬竹所造的利箭朝虱子射去,那箭精准地穿过虱子的心脏,而虱子依然被绑在那根头发上。

纪昌连忙向飞卫回禀此事。飞卫闻言心中大快,几乎要跳将起来,赞许道:"汝得之矣。"就这样,飞卫毫无保留地把射箭的秘诀传授给了纪昌。

为练就过人的眼力,纪昌苦下五年功,这时间没有白费,他的进步速度令人惊叹不已。

十天后,纪昌试着在百步之外射柳叶,已能百发百中。二十天后,他将一杯水放在自己右臂上,拉满弓将箭射出去,箭中靶心,丝毫不差,更重要的是杯中之水都不曾晃动。一月之后,纪昌取一百支箭速射,第一支箭正中靶心,紧接着第二支箭直直射入第一支箭的尾部,第三支又精准地射进第二支箭的尾部,如此间不容发,箭箭相连,发发命中,后射之箭必能直穿前一支箭,所有箭矢绝不会落地。不过须臾,一百支箭紧密相连宛如一支,看起来仿佛是从靶心一直连通到最后一支箭的箭尾,而最后一支箭尚在弦上。在一旁观看的师父飞卫也情不自禁地说了一句"善!"

两个月后,纪昌与妻子起了一点口角,为了吓唬妻子,他取来乌号之弓[1],上搭綦卫之箭[2],朝妻子的眼睛射去。那箭射断了妻子的三根睫毛后向另一边飞去,而纪昌的妻子却毫未察觉,依旧不住地责骂着丈夫。此时,纪昌的射术已经达到出神入化的境界了。

纪昌觉得他从师父那里学不到什么东西了,突然心生歹念。

纪昌心想,当今天下,在射技上可与自己匹敌的只有师父飞卫,若想成为天下第一的射技高手,就得除去飞卫。于是他伺

---

[1] 相传为上古黄帝所用之弓。后指良弓。
[2] 綦地所产的箭。綦,古代地名,以盛产美箭而著称。卫,箭羽。

机动手。一天,纪昌在野外见到飞卫独自从对面走来,纪昌下定决心,立刻取出箭,瞄准了师父。飞卫察觉到危险,立即执弓相持。二人同时向对方射去,两支箭在二人中间相撞后一同坠地。二人的射技都已出神入化,箭落地都没有扬起轻尘。不多时,飞卫箭矢用尽,纪昌却还留有一支。纪昌感到势在必得,立即松手放箭。说时迟那时快,飞卫忙折断身边的野棘,将飞速射来的箭打落在地。纪昌没能得逞,心中突生愧疚之意。倘若他得手了,是绝不会产生这种情绪的。而飞卫成功化险为夷,让他对自己的技艺很是满足,心中充满快慰,全然忘却了对纪昌的憎恨。师徒二人走向彼此,在旷野中相拥,涌出了饱含师徒之情的热泪(以如今的道德观来看,这事不可能成立。但是在那一时代发生过很多不可思议的事,例如齐桓公好美食,四处寻求自己未品尝到的珍馐,一个名为易牙的厨师将自己的儿子蒸熟后献给了齐桓公;又譬如时年十六岁的少年秦始皇在其父亲辞世当晚,多次侵犯了父亲的宠妃[1])。

师徒两人眼泪俱下,紧紧相拥。飞卫意识到,万一这弟子又心怀不轨,自己将再次危在旦夕,所以必须得给纪昌找一个新目标,使他转变心意不可。于是,他对这位危险系数较高的弟子说:"为师已将能传授给你的技艺倾囊相授了,若想了解穷极射

---

[1] 非信史,应为小说家言。

艺的秘密，须攀太行山峻岭，登上霍山巅峰。我的师父甘蝇就在那里，他是旷古奇才，深谙射艺。如今唯有甘蝇堪任你的师父。与他相比，你我二人的射艺犹如儿戏。"

纪昌立即启程西向而行。飞卫说二人的射艺在他面前犹如儿戏，这深深触动了纪昌，打击了他的自尊心。如果真如飞卫所言，那自己实现天下第一的目标岂不是渺渺无期了？自己的射艺是否真的如同儿戏，还得早日见到那人与他比试一番才能知道。想到这里，他更着急赶路了。破足底、伤胫骨、攀危岩、过栈道……历经一月，他终于抵达了山顶。

纪昌意气风发，迎接他的却是一位目光如山羊般柔和的老人，看样子已过百岁了。老人有些驼背，每走一步，白胡子也跟着摇曳。

纪昌还怕对方耳聋，不耐烦地大声说明来意，想请对方看看自己的射艺。焦躁的纪昌不等对方答话，瞬即将身后背负的杨干麻筋之弓[1]紧握于手，又取出石碣之箭，瞄准了高空飞翔的群雁。和着弦音，一箭即发，五只大雁一并从碧蓝如洗的空中坠下来。

"功夫不俗。"老人露出沉稳的微笑，"然而，这毕竟是为射而射，想必好汉还不懂得不射之射。"

---

[1] 即用杨木与麋鹿皮制成的强弓。

老隐士带着恼火的纪昌，走到了约两百步外的悬崖边。脚下的千仞绝壁如屏风一般陡立，远远望下去，细小的溪流犹如白练，正汩汩地流动。纪昌只轻轻瞄上一眼便觉得头晕目眩。悬崖边有一块危石，老人轻松地从断崖走到突出在半空中的危石上，转过身来对纪昌说："请好汉站在这石上将刚才的射艺展示一番，如何？"说罢老人走下来。如今纪昌无路可退，走上前去，才刚刚踩上，大石头便轻微摇晃起来。就在他强打精神掏出弓箭时，悬崖边有一小石子滚落了下去。纪昌的目光随着小石往下一看，身体就下意识地伏倒在巨石上。他的双腿瑟瑟发抖，汗水竟一直流到脚踝。老人笑着将手伸向前，接他走下巨石，再度站上去，说："那老夫就献丑了，让你看看真正的射箭吧！"尚未从心悸中缓过来的纪昌脸色煞白，但他立刻注意到老人手中空无一物，开口问："您的弓在何处？我没看到弓啊。""弓？"老人笑答，"手执弓箭，便仍是为射而射。所谓不射之射，既不需要乌号[1]弓，亦不需要肃慎[2]箭。"

这时，二人正上方有一只老鹰正优哉游哉地盘旋在九霄。甘蝇抬头望着那只如芝麻粒般大小的老鹰，过了好一会儿，甘蝇将无形之箭搭在无形之弓上，将弓拉如满月，旋即放"箭"。眼看着，那老鹰竟不再振翅，如石头一般从高空中坠落下来了。

---

[1] 古代良弓的名称。
[2] 古代东北方的种族名，善造箭。

纪昌悚然——直到今天，才见识到了真正高深莫测的射艺啊！

纪昌在这位老人身边待了九年，谁也不知道这期间他是如何刻苦练习的。

九年之后，纪昌下山。无人不对纪昌的变化感到惊讶。原先那自负的样子已无迹可寻，如今的纪昌像木偶一样呆滞，脸上毫无表情。他造访了阔别已久的师父飞卫。飞卫一见他的模样，也忍不住感慨万千，大声说："如此方是天下第一的名人。与足下相比，吾等甘拜下风。"

邯郸的百姓都前来欢迎成为天下第一射手的纪昌，他们都渴望一睹纪昌的精妙技艺。

但纪昌却始终没有回应众人的要求。不仅如此，他甚至不再碰弓，连当初上山时带去的杨干麻筋弓也不知丢在何处了。有人问他为何这样，纪昌慵懒地回答说："至为则是无为，至言则是无言，至射乃是无射。"邯郸城内极有学识的士人们听闻此言立即表示认同，纷纷感叹道："正是如此！"他们还称赞纪昌为"不执弓的神箭手"。纪昌越是不碰弓箭，世人就越说他天下无敌。

这时候，街头巷尾流传着各种各样的传言：每天夜里一过三更，纪昌家的屋顶上就会传来弓弦声，但不知是何人站在那里。有人说纪昌身体内寄宿着射艺之神，每当纪昌熟睡，那神仙就会从他身体里出来，彻夜守卫纪昌，为他驱魔。纪昌家附近住着一户商人，他言之凿凿地说，有天夜里见到纪昌乘云驾雾，手执弓箭，与古时的后羿、养由基这两位名人一决高下。他们射出的箭在夜空中发出惨白的光芒，消失在参宿与天狼二星之间。也有盗贼坦白，称自己曾试图潜入纪昌家，刚迈进围墙，那寂静的房内旋即射出一道杀气，直击额头，自己被吓破了胆，仓皇出逃。从那以后，凡是心有邪念的人，都会避开纪昌家方圆十里，就连聪明的鸟儿也不敢从他家上空飞过。

在神乎其神的盛名之下，纪昌一天天老去了。早已不问射箭之事的纪昌已然进入淡泊虚净的境界。那原本木偶般的脸上更加没有什么表情了。他很少开口说话，人们甚至都怀疑他是否还有呼吸。"不分你我，不知是非。双眼如耳，双耳如鼻，鼻则如口。"这便是名人纪昌晚年的形象。

在辞别师父甘蝇后的第四十个年头时，纪昌犹如青烟散去一般平静地与世长辞了。在这四十年间，他绝口不提射箭之事，自然也未再碰过弓箭。当然，作为寓言的作者，我非常想描述这位名人生前有何惊世之举，也想交代他做过哪些有名气的事情，可无论怎么说，笔者不能随意扭曲古书中记载的事实。纪昌老后强调无为，只为世人留下了下面这件趣事，此外再无其他事迹。

相传，在纪昌逝世的前一两年有这么件事：某日，年老的纪昌应友人之约前去做客。纪昌在友人家中见到一物，他觉得那东西似曾相识，却怎么也想不起那物件的名字和用途，便去询问那家主人："此乃何物，用于何处？"主人以为纪昌在说笑，笑了笑。纪昌又一次真诚发问，主人还是只笑笑不说话，以为纪昌在卖什么关子。当纪昌面色严肃地问第三遍时，主人才露出惊愕的表情，端看纪昌的双眸，发现纪昌既没开玩笑，也没有发狂，主人确认了自己没有听错，吃惊地叫道：

"啊！夫子！夫子您乃是古今无双的射艺名人啊！如今竟忘了弓为何物？啊，连弓的叫法和用法也都忘了！"

之后一段时日里，邯郸城中流行起这样一种风尚：画家藏笔，乐人断弦，工匠则以规矩做活为耻。

悟净出世

寒蝉鸣败柳，大火向西流。初秋时节，三藏带着两位弟子越过艰难险阻向前赶路，遇到一条大河。大河浑波浊浪，宽广得不见边际。师徒望见岸边立有一石碑，上刻篆书"流沙河"三字，正面还有四行小楷，书：

八百流沙界，
三千弱水深。
鹅毛漂不起，
芦花定底沉。

——《西游记》

一

那时候，栖身于流沙河河底的妖怪总数约有一万三千，却只有他最为脆弱。据他自己说，因为自己此前吃了九位和尚，那九人的骷髅日日围绕在他的颈上，不肯离开。然而其他妖怪却都看不到那九个骷髅。"根本看不到啊。那是你自己的错觉吧！"有妖怪对他这么说道。他难以置信地睁大眼睛，望向那群妖怪，露出一副哀伤的模样，像是在问为什么自己和大家不一样。其他妖怪互相交谈说："那家伙，别说和尚了，怕是连普通人也没吃过吧！毕竟谁都没亲眼见到嘛。如果说他吃了些鲫鱼啊虾啊蟹啊，倒确有其事。"后来，他们给他取了个绰号叫"独语悟净"，因为他常常感到不安，不断地咀嚼痛彻心扉的悔恨，在内心中反复苛责可悲的自己，最终形成不经意间自言自语的习惯。有时从远处看，他的口中不过是吐出了几个小小的气泡，但其实他正在呢喃："我真是笨蛋！""我怎么会这样呢？""我已经没救了。""我是个魔鬼。"诸如此类。

当时，不仅仅是妖怪，所有活物都相信轮回转世的说法。流沙河底都在说悟净的前世是天庭灵霄殿的卷帘大将。说的妖多了，就连悟净自己都相信了这一说法。然而，说句实话，在所有妖怪中，只有他对轮回转世的说法存疑。五百年前天界的堂堂卷帘大将怎么会转世为我这无名小辈呢？第一，我对天界一点印象都没有。原来的卷帘大将和现在的我有什么相同之处呢？是身体相同吗？或是魂魄相同呢？可是魂魄究竟是什么？他一说出这些疑问，众妖怪们便会嘲笑道："又开始念叨了！"有的妖怪嘲笑他，还有的妖怪对于他这个样子很是怜悯："他病了。他变成这样，肯定是病了。"

事实上，他的确病了。

从何时起，又是因什么而病，悟净对此一无所知。只是，当他察觉到的时候，这令人厌恶的阴翳已经重重笼罩了他。他无心做任何事，所见所闻皆令他消沉，无论做何事他都怏怏不乐。他变得毫无信心，日复一日穴居在洞中，双目圆睁。他沉浸在思考之中，偶尔会突然站起身，在附近来回踱步，口中念念有词，但是他完全没有意识到自己做了哪些动作，也不知道做点什么才能让自己平静下来。他慢慢觉得自己的过去存在着许多无解的疑点；而那些以前觉得是一个整体的事物，如今却被分解得七零八散，在自己思考分解开来的每一小部分的过程中，那个整体的意义又变得模糊不清了。

河底有一只身兼郎中、占星师、祈祷者数职的老鱼精。有一天他一见到悟净就说："哎哟，可怜！你这家伙害了因果病啊。一旦害了这病，一百个里头有九十九个这辈子都不得安生。原本咱们妖界是没有这种病的，后来因为吃了人，才有极少数的妖怪害了这病。得了这病，就无法接受任何事情，不管看到什么事，或遇到什么事，都会立刻思考'为什么'，可这个问题是那些最顶尖的神仙才会思考的！生灵们光想这些问题是活不下去的。所以，世间所有生物都不愿意谈论这种问题。更可怕的是，病人还会对自我产生怀疑。'我究竟是什么？''我为什么会认为自己是自己？''如果别人也认为自己是我，那会怎么样？'这就是病入膏肓的预兆。怎么样，被我说中了吧？虽然我很同情你，但是这个病无药可医,所有郎中都治不好这种病,只能靠自愈。如果没有什么意外的机缘,恐怕你这辈子将难以快乐了。"

二

在很早以前,文字就从人界传入了妖界,妖怪们对此了然于胸,但他们又蔑视文字。妖怪们认为,生存的智慧不可能通过文字这种没生命的东西流传下来(要是绘画,兴许能画出来),用文字记录智慧就像试图用手抓住烟雾一样愚不可及。因此,他们极力排斥文字,把知文解字当成生命力衰退的象征。甚至有妖怪觉得,悟净之所以整日忧郁,正是因为悟净理解文字。

虽然妖怪们不尊重文字,但是他们从不小瞧思想。一万三千只妖怪中还有不少哲学家,但问题是他们的语言十分匮乏,这就出现了一个麻烦,那就是他们只能用简单的思想来处理复杂的问题。各种哲学思想在流沙河底传播,使整个河底弥漫着一种忧郁的哲学气氛。有一只博学的老鱼精,买了一处华美的庭院,坐在明亮的窗户下,冥想着永恒的幸福;高贵的鱼,在美丽、鲜绿的海藻背面,一边弹竖琴,一边歌唱宇宙间和谐的音乐。而丑陋、愚钝、直肠子的悟净丝毫不掩饰自己的愚蠢与苦恼,于是他成了这一群妖怪争相愚弄的对象。一个看起来挺聪明的妖怪一本正经地问悟净:"真理是什么?"还不等悟净作答,他嘴角就露出一抹嘲弄的笑容，阔步走开了。还有一次，一只河豚精听说了悟净的病后特意前来造访，其实他也是为了嘲笑悟净。据他推断，悟净的病因是对死亡的恐惧，这个人的论调是"活着的时候不会死。等到死亡来临，我们已经不在了。又有什么好怕的呢？"悟净坦诚地认可了这一论调，他绝不畏惧死亡，他的病因根本不在于此。于是一心想嘲笑他的河豚精败兴而归。

妖怪们对身体和心灵的关系总是搞不清楚，因此，得了心病的悟净还会感受到来自肉体的强烈痛苦。不堪忍受的悟净最终下定决心，要一一拜访栖居在流沙河底的贤士、医生、占星师，并向他们讨教，哪怕费尽千辛万苦，哪怕被众妖愚弄嘲笑，也要找到自己能够接受的答案。他抓了一件僧袍，随便一裹，便出发了。

为什么妖怪是妖是怪，而无法成为人呢？这是由于他们的生命是不健全的，他们没有人性，而且极其丑陋。妖怪身上的某一特点和其他特点相比极其不平衡：有些妖怪极度贪食，最终嘴巴和肚子都膨胀变大；有些妖怪极度淫荡，因此他们的性器官明显很发达；还有的妖怪过于纯洁，因此除头部之外，身体上其他部分都退化了。他们有各自的性格，世界观是绝对固执的，他们不知道如何通过和别人讨论得到更好的结论。他们在跟别的妖交流时，总是坚持自己的想法。这么一来，流沙河底中有成百上千的世界观与形而上学，但彼此间并不融合：有的妖怪在安稳中心怀欢喜，有的妖怪格外豁达，有的妖怪心有所求，却发出无望的叹息……他们就像无数漂荡的海藻一般，摇啊摇啊摇……

三

悟净最先去拜访的是当时最具盛名的幻术大家——黑卵道人。在那并不深的水底，有一个用岩石堆叠而成的洞窟，入口处挂着一块匾额，写着"斜月三星洞"。相传洞主黑卵道人是鱼面人身，幻术了得：冬可引雷，夏可造冰，存亡自在，可让飞禽奔走，可让走兽腾飞。悟净在这道人门下伺候了三个月，他并不在乎道人的幻术有多厉害，但是道人既然能使用幻术，那一定是得道的真人了，既然是真人，那一定懂得宇宙大道，一定有大智慧，能疗愈他的病。而事实却令悟净大失所望，无论是洞窟里坐在巨龟背上的黑卵道人，还是其门下的数十名弟子，张口闭口全都是高深莫测的法术，以及怎么欺骗敌人，以便从各处收揽宝物等话题。悟净想要的答案与现实功利无关。最终，遭到洞中妖怪嘲笑的悟净离开了三星洞。

接着，悟净到了沙虹隐士的住处。沙虹隐士是一只修行多年的虾精,他的背已经弯曲如弓,一半身子都被埋进河底的泥沙中了。悟净同样在这位老隐士身边侍奉了三个月,在照顾隐士起居的同时还能接触到深奥的哲学。老虾精一边让悟净按摩自己弯曲的腰背,一边露出高深莫测的表情说:

"世间万物乃是一片虚妄,这个世界上没有一件事物是好的。如果硬要说好事,也有一件,那就是这个世界迟早会走向终结。用不着思考一些过于复杂的大道理,就拿我们身边的事情来看吧!我们身边无时无刻不充满着变化、不安、懊恼、恐怖、幻灭、斗争和倦怠。人们不知道自己将会庸庸碌碌地走向生命尽头。我们只能立足于'现在'而活,而我们脚下的'现在'很快就会变成'过去'。下一刻、再下一刻也是如此。这就好比一个旅行者在松软易塌的沙坡上行走,他每一步的脚印都将消失不见。我们究竟身居何处才能内心平和呢?我们的生命一旦停下来就再也无法继续了,所以只能迫不得已地走下去。幸福?那东西只是一个幻想出的概念罢了,现实中绝没有实际的幸福。虚幻短暂的希望,也只是徒有其名的东西罢了。"

隐士看到悟净一副不安的样子,随即加了一句,安抚他道:

"年轻人,这没什么好害怕的。被浪卷起的人会溺水,可乘浪之人能战胜困难。越过生灭无常的世界,到达不坏不动的境界也并非全无可能。古时候的真人不都超越了是非善恶,遗物忘形,达到了长生不老的境界吗?话说回来,自古以来,人人都说那境界里全是欢愉,这可就大错特错了。虽然那境界里没有苦难,但是也没有普通生命所拥有的乐趣,那是一个无色、无声、无香、无味的境界,就像白蜡烛和白沙子一样。"

悟净没有忍住,插嘴说道:"我想听的不是个人的幸福,也不想知道如何拥有一颗不为世界所动的心,我想知道自我以及世界的终极意义。"

隐士眨了眨沾有眼屎的眼睛回答说:

"自我?世界?你真的以为有脱离自我的客观世界吗?世界这东西,不过是自己在时间与空间之中所投射出的幻象。自我死去了,世界也将不存在了。如果你认为自我都死亡了,世界还存在,这种说法简直俗不可耐、荒诞至极。就算世界消失了,但是那个不明真相、不可思议的'自我'却依然继续存在。"

在悟净伺候隐者的第九十天,这老隐者由于连日来剧烈的腹痛和痢疾,撒手人寰了。隐者是喜悦的,因为死亡令他终于可以抹杀这个给自己带来难堪的痢疾和剧烈腹痛的客观世界了……

悟净处理完了隐者的后事,抹干眼泪,踏上了新的旅程。

据传闻说,坐忘先生常常呈盘腿坐禅之姿入睡,一觉要睡五十天才能醒来。他还把梦中的世界当作现实,有时已经醒了过来,却还以为自己身处梦中。悟净不远万里来拜访这位先生的时候,先生还在睡梦中。在这流沙河最深处的河谷底部,几乎一点阳光都没有，悟净很难看清一切。待眼睛适应了这黑暗后，依稀可见面前浮现的事物：昏暗的河底有一个台子，上面坐着一位僧人，正保持结跏趺坐姿酣然入梦。这地方听不到外界的动静，也甚少见鱼类游过，悟净无可奈何，只得闭上眼睛坐在坐忘先生跟前，四周一片静悄悄的，悟净觉得自己的听力似乎也变弱了。

在悟净到这儿的第四天，先生睁开了双眼。悟净慌忙起身，在先生面前作了个揖。那先生似看非看地眨了两三下眼睛。不一会儿，沉默地坐在对面的悟净惶恐地开口说：

"先生恕我冒昧，我有一事想请先生赐教。自我究竟是什么东西？"

"咄！秦时鞭轹钻[1]！"

先生大喝一声，给了悟净当头一棒。悟净虽然不懂，但还是再一次坐好，过了一会儿，又把刚才的问题十分谨慎地问了一遍。这一次悟净没有挨棒打。坐忘先生的头和身体一动也不动，他张开厚厚的嘴唇，像是说梦话一样回答悟净："长久不进食会觉得肚子饿的是你，一到冬天就感觉冷的还是你。"语罢，他又闭上了厚厚的嘴唇，望向悟净好一阵子，最后又把眼睛闭上了。在后来的五十天中，这先生都未睁开眼睛。悟净只得耐心地等待。

---

[1] 禅宗话语，比喻无用之人。

五十天后，坐忘先生睁开眼睛，看着坐在自己面前的悟净，说："你还没走啊？"悟净恭恭敬敬地回答说自己等了五十天。

"五十天？"先生回问道，他又用惺忪的眼睛静静地注视着悟净，一言不发。

不久后他再一次张开厚厚的嘴唇："衡量时间长度的刻度尺，就是自身感觉而已，不知道这一点的都是白痴。听说人类世界里好像造出了能计算时间的机器，这就给自己种下了巨大的错误。大椿之寿也好，朝菌之夭也罢，长度是不会改变的。时间这东西，不过是我们脑子里的一个装置。"

这话一说完，先生又把眼睛闭上了。悟净知道，不到五十天后，先生绝不会再睁眼，于是悟净向睡着的先生恭敬地低头行礼，随后便离去了。

"妖怪们！心怀畏惧吧！相信神灵吧！"在流沙河最为繁华的十字路口，有一个年轻人大声喊着。

"你我短暂的一生将堕入无限永恒的大劫中，没有尽头！你我居住的弹丸之地都将坠入无限广袤的空间之中，那是我们未知的领域，也没人理会！有谁在了解自己的渺小无力后不心怀恐惧？你我都是被铁索连在一起的死囚！每个瞬间，你我都眼睁睁看着我们中有几个人被杀。我们毫无希望，只能按顺序等死。时间不多了！你们还打算自欺欺人或稀里糊涂地度过这短暂的时间吗？被诅咒的懦夫们！你们还自命不凡，依靠自己那可怜的理性，等待重生吗？简直傲慢得无可救药！就凭你们贫瘠的理性与意志，连个喷嚏都控制不了，难道不是吗？"

皮肤白皙的年轻人两颊绯红，声音沙哑地嘶吼着。没想到，在那小伙子女性般优雅高贵的外表下还藏着如此惊人的爆发力。悟净吃惊不已，痴痴地看着年轻人那火焰一般美丽的双眸。悟净感到，那年轻人的话如同一支点燃了火的箭矢，射向了自己的灵魂。

"你我所能做的，只有敬爱神灵、憎恶自己。你我只是局部，切莫妄自尊大地以为自己是独立的个体！一定要将整体的意志化作自我的意志，只有为整体而活，才能有活路！只有与神灵合一的人才能拥有灵魂！"

这真是神圣的、超脱的灵魂之声啊！尽管年轻人说得有理，但是，悟净认为自己现在所寻求的也并非这样的神明之声。他心想，这训言犹如药一般，可也只像给得了疟疾的病人推荐消肿的药，无济于事啊！

在距离十字路口稍远一些的路边，悟净看到了一个相貌丑陋的乞丐。他佝偻着腰，模样令人生畏，他的五脏六腑都吊在高高耸起的背骨上；头却低到肩膀以下，下颌几乎要遮住肚脐；不仅如此，从肩膀到背部长满了发红溃烂的囊肿，几乎要破裂开。

悟净不由得驻足，深深叹了一口气。过了一会儿，那蹲着的乞丐好像无法自由地转动脖子，于是用那双通红且浑浊的眼球向上看去，咧开只有一颗门牙的嘴巴笑了起来。接着，他晃动着吊在背上的双臂，蹒跚地朝着悟净身边走来，抬眼看着悟净说：

"失礼了，你似乎很同情老夫啊。年轻人，在你看来老夫实在可怜，对吧？然而老夫却觉得你更可怜。你一定觉得，老夫长成这副吓人的模样，心中肯定怨恨造物主吧？可是恰恰相反，老夫对造物主感激不尽，感激他赐予我如此与众不同的外貌。今后，老夫的相貌又会变成什么有趣的样子，我内心充满期待。要是老夫的左臂化作了公鸡，那便让它去报晓，如果右臂化作了弹弓，那我就用它射猎斑鸠，烤炙为食；要是屁股化作了车轮，灵魂化作骏马，那老夫可就是举世无双、受人器重的坐骑了。怎么样？惊讶吧？老夫名叫子舆，与子祀、子犁、子来三人为莫逆之交。我们都是女偊氏的弟子，早已超脱于外形，抵达了不生不死之境，不会为流水濡湿，也不会为烈火烧伤，我们睡而无梦，醒而无忧。前阵子，我们四人还笑谈，我们是以'无'做头颅，以'生'做脊背，以'死'做屁股呢。啊哈哈哈……"

悟净被这令人毛骨悚然的笑声吓了一跳，他心里想，恐怕这个乞丐才是如假包换的真人。如果他所言非虚，那可太了不起了。可是，悟净从乞丐的言谈举止间察觉到一丝夸耀的意味，他不禁怀疑这老人不过是在强忍苦痛，故作坚强地夸夸其谈。而且,老人丑陋的相貌还有脓包散发的恶臭引起了悟净本能的反感。尽管他为之所动,但还是打消了在这里伺候这乞丐的念头。悟净想去向老人口中提到的女偊氏讨教,便又多问了一句。

"啊,你说我师父啊。在此地以北两千八百里,也就是这流沙河与赤水、墨水汇流之处,我师父就在那里。如果你小子求道之心坚定,师父一定会倾囊相授。你可要潜心修道啊,也替我跟师父问声好。"可怜的佝偻老人努力挺起突出的肩膀,傲慢地说道。

四

悟净向北出发了,目的地是流沙河与墨水、赤水的交汇处。夜里他就在芦苇间休息,一到早晨,他就沿着广阔无垠的水底沙滩继续向北走。在途中他还登门拜访了德高望重的道人或是修炼之人。悟净每天都不停歇,有时见到鱼类欢快地翻动鱼鳞游动,他会想,为什么只有我不开心呢。

悟净拜访了一个名为髯鲇子的妖怪,据说他有着贪食的癖好和高强的法力。这个鲶鱼精浑身黝黑,看起来威风凛凛,他一边捋着自己的长胡子,一边教诲悟净说:"只思远虑,必有近忧。高人不会考虑太遥远的事情。"紧接着他又说,"比方说这条鱼,"髯鲇子抓住从他眼前游过的一条鲤鱼,猛地塞进口中狼吞虎咽起来，"就比方说这条鱼吧，这条鱼为什么会游到我眼前？难道是有着要被我吞下肚的因缘？一个仙哲就是要深度思考这些问题。可是，如果在捉住这条鲤鱼之前，就一味地思考这些问题，那鱼早就跑了。第一步是要快速把鱼抓住，美美饱餐一顿，以后再思考也不迟。鲤鱼为什么是鲤鱼？怎么从形而上的角度考察鲤鱼和鲫鱼之间的差别？你小子已经被这些愚不可及又高深莫测的问题给缠住了，永远也抓不住鲤鱼。你那无精打采的目光已经完全暴露了这一点。我说得没错吧？"的确，他说的一点也没错，悟净低下了头。妖怪已经完全消化了刚才的鲤鱼，此时他那双贪婪的眼睛盯上了悟净的脖子。突然，鲶鱼精双眼放光，喉咙发出咕噜咕噜的响声。悟净猛一抬头，瞬间感觉到危险正在向自己逼近。鲶鱼精露出刀子般锋利的爪子，以极快的速度狠狠抓向悟净的喉咙。第一下没能得逞，妖怪怒不可遏，他那张贪婪的面孔直直逼近悟净。悟净使劲踢起水底的沙子，趁着四周腾起一阵泥沙，他仓皇逃出了髯鲇子的洞穴。悟净心有余悸地想，自己算是从这只凶猛的妖怪身上领悟到了残酷的务实精神。

大名鼎鼎的无肠公子是推崇关爱四邻的说教者，他开坛讲演时，悟净也位列其中。这位无肠公子说到一半，突然饥不可耐，抓起自己两三个孩子（无肠公子本是一只螃蟹精，一次能诞下无数的子嗣）开始大吃特吃。悟净见状惊讶不已：推崇慈悲、忍辱之说的圣人，竟然在众目睽睽之下吞食自己的骨肉！

无肠公子享用完后，好像完全忘了发生过这事，再一次宣讲慈悲之说。悟净为无肠公子的行为找了一个很勉强的借口：圣人并不会忘记刚才发生的事，而是根本没有意识到。说不定这才是我该学习的地方。在我的生活中，有没有这样出自本能、忘却自我的时刻呢？悟净觉得自己收获了宝贵的教训，跪拜起来。悟净接着思考：不，这么想来，我总是要给每件事都找寻一个概念性的解释，不这么做就心里难受，这就是我的弱点啊。我不能把这教诲收藏起来，要活学活用才行，没错，就是这样。想到这里，悟净拜谢了无肠公子，随后毕恭毕敬地转身离去。

蒲衣子居住在一处与众不同的道场。虽然他门下只有四五个弟子，但是他们个个深得师父真传，探究自然的奥秘。与其说他们是研究者，倒不如说他们是陶醉者。他们推崇的是观察自然，一点一点走进自然的美丽和谐之中。

"首先要感受。精炼出最为美好且最得要领的感觉。如果思想脱离了直观的自然之美，那就是一场灰色的梦。"一位弟子如是说道。

"发自内心来看看这大自然吧。看看这云、天、风、雪，还有那澄净透蓝的冰、轻轻摇曳的红藻、夜色下在水中闪耀着光芒的硅藻、鹦鹉贝上的神秘螺纹、剔透的紫水晶、鲜红耀眼的石榴、纯粹靛蓝的萤石……这些东西多么美丽啊，它们都在阐述着大自然的秘密。"他的话宛如诗人的辞藻。

"然而，如今离揭开自然的神秘暗号仅有一步之遥，我们却顿失幸福的预感，不得不看着自然美丽却冰冷无情的侧脸。"另一位弟子接着说道，"这也是我们对于感觉的修炼还不到家，没有深入自己内心导致的。我们必须要继续努力才行。只有这样，才能拥有师父所说的'观即爱，爱即创造'的瞬间。"

说那话的时候，他们的师父蒲衣子一言不发，用充满欢愉的目光凝视着那颗放在手掌之中的鲜绿色孔雀石。

悟净在这里待了一个月。这期间，悟净也和他们一样化作自然诗人，歌颂宇宙的和谐，祈祷自己与宇宙最深奥的生命同化。尽管悟净觉得这与自己的初衷有些出入，但是他完全沉浸在了这种平静的幸福之中。

弟子中有一个极为俊美的少年。那少年的皮肤如银鱼般白皙透亮，一双黑色瞳孔又大又圆，额上的鬓发好似鸽子胸脯的羽毛一般柔软。当他心中怀有浅浅的忧虑时，这俊美的容颜就会蒙上一抹阴翳，犹如薄云掩月；当他心情愉悦时，那双静美眸子的深处就像夜里的宝石一样熠熠发光。师父与师兄弟都十分偏爱这个少年，他单纯又朴实，内心从未对这个世界产生过怀疑。他太过美好、纤弱，好像是由高贵的仙气凝结而成的，这一点让大家为他感到不安。少年每有闲暇时，就会把淡黄色的蜂蜜滴在白色的石头上，画出朵朵牵牛花。

在悟净离开的四五天前这里发生了一件事。少年一早出去后，始终不见回来。一位和少年一同出门的弟子禀告师父说，少年在他不注意时突然溶化在水里了，还说是他亲眼所见的。其他弟子听了这话后，笑着说不可能有这种怪事，但是师父蒲衣子却表示信服。"确实有这可能。那孩子的确有可能遇到这种事，因为他太单纯了。"蒲衣子说。

对比差点将自己吃掉的鲶鱼精的凶狠，与溶于水中消失不见的少年的美好比较之后悟净又陷入了沉思，不久他又辞别蒲衣子，离开了。

之后，悟净又去造访了斑衣鳜婆。斑衣鳜婆是一个五百多岁的女妖，但是据说她的皮肤光滑细腻，与少女无异，她那婀娜的姿态，即使再铁石心肠的人看到她都会心生涟漪。这个老女妖唯一的生活信仰就是极尽肉欲之欢。她在后院里养着数十位相貌秀丽的青年，每当她沉迷享乐时，会闭门谢客，包括亲友。她藏在后院之中夜以继日地尽享肉体的欢愉，每三个月才会出来一次。悟净到访时，恰巧是这女妖三个月一次的出门之日，悟净这才有幸见到了她。听到悟净说是为求道而来的，鳜婆便开始对他说教。悟净从风姿绰约的鳜婆身上看到了一丝慵懒、疲惫的影子。

"要说'道'啊，这个'道'呢，不管是圣贤的教诲还是仙哲的修行，说到底，他们都是要让无上法悦[1]的瞬间一直延续。你想想看，在无尽的恒河沙劫[2]里，在这个世界上拥有生命可不是一件容易事儿，做到这个实在太难得了，可遇不可求。况且，死亡会以迅雷不及掩耳之势突然降临在我们身边。我们有幸拥有了生命，死亡却说来就来，除此'道'之外，无他。啊！令人销魂的欢愉！无与伦比的陶醉！"女妖微醺一般眯起眼睛，高声说道。

"我也很同情你，但是你太丑了，我没想过要把你留在这儿，真是对不住了。我的后院里每年都有上百名年轻男子因劳累过度而死去。可他们都是在巨大欢愉中，带着一生的满足死去的，没有一个人后悔留在我这里。倒是有人因为死得太早，不能持续这份快乐而悔恨不已。"

鱥婆用饱含同情的眼神望着丑陋的悟净，最后又补了一句："所谓德，说的就是能够享受快乐的能力。"

由于长得太丑，没被列入每年送命的百人名单中，这让悟净感激不已，他继续前行。

贤人们的学说各异，悟净完全不知道自己该相信哪一个。

---

[1] 佛教用语。听、感受、信仰佛的教诲带来的喜悦称为"法悦"。无上，即程度最深。

[2] 佛教用语。恒河沙或恒河砂，佛教经典中常以恒河（玄奘译为殑伽河）里的砂石细碎且数量之多比喻数目极多。恒河沙劫，表示极远的时间。

"自我究竟是什么？"面对悟净的这一问题，一位贤者回答道："你先大声吼一下试试看。要是吼出来的是哼哼声，那你就是一头猪；要是吼出来的是嘎嘎声，那你就是一只鹅。"

还有一位贤者说："只有当你不再追究如何解释自己，你就不难理解自己。"

又有人说："眼睛能看到一切，唯独看不见自己。所谓自己，是我们不可知的天机。"

另外一位贤者则称："自始至终，自我就是自我。在意识出现之前，自我就已经存在于无限的时间中了（虽然现在没人拥有那份记忆）。那个过去的自我就是现在的自我，现在的意识消亡之后，穿越无限的时间，又会诞生一个新意识，这事儿谁也不可预知。在新意识诞生之时，一定会忘记现在的意识。"

接着，下一个贤者说："一个持续存在的自我是什么？是记忆之影的堆叠啊，我们每天都在丧失记忆。我们忘记自己的遗忘，所以对各种事情都感觉新鲜，实际上，那些新鲜的事情都是过去被我们彻底忘却的。不要说昨天，就连上一秒发生的事情，那一瞬间的知觉、感情等都已经在下一秒被我们遗忘了。留下来的只有其中一点点朦朦胧胧、似曾相识的感觉罢了。所以说，悟净啊，此时此刻才无比宝贵！"

就这样，悟净用了近五年的光阴走访各位"名医"，拿到了各不相同的"处方",最终他却发现自己的才智丝毫没有长进。何止如此,他甚至察觉到自己仿佛变得飘飘然,不着实际。过去自己是有些愚笨,但至少还脚踏实地——这是真正源于肉体的感觉,不论怎么说,他觉得自己过去是有一定分量的。但是现在呢,自己好像失去了重心,风一吹就会飞。尽管表面上精心包裹,但内里却空无一物。悟净思索着:这样下去可不行。他预感到,除通过思考可以有所感悟之外,一定还有更直截了当的解答。就在此时,只见前方河水浑浊,呈红黑交错之色。原来,他已经到了目的地——女偊氏的住处。

打眼一看,女偊氏就是个平平无奇的仙人,甚至可以说还透着几分迂腐。悟净来了以后,她既没有吩咐悟净做事,也没有传授他本领。俗话说:"坚强者死之徒,柔弱者生之徒。"看来女偊氏并不喜欢弟子过于好学。所以,她并不特意对谁言传身教,只是有时会小声叮咛几句。每当这时候,悟净急忙竖起耳朵仔细听,但女偊氏的声音压得很低,他几乎什么都听不到。在三个月的时间里,悟净没有受到任何教诲。他从女偊氏那里听到的唯一一句话就是:"贤者知悉他人,愚者了解自己,解铃还须系铃人。"

到了第三个月的月末,悟净决定辞别女偊氏。就在那时候,女偊氏竟然滔滔不绝地对悟净授起道来。她说:"因没有第三只眼而悲伤的人是多么愚蠢，因不能控制指甲和头发的生长而感到不悦的人是多么不幸，因为醉酒而从车上跌落的人算不得受伤……不能一概而论地说思考不好，只是不能一味去思考'思考'本身。"

女偊氏对悟净讲述了一只爱思考的妖怪的故事。上至星辰运转，下至蜉蝣生死，那个妖怪无所不知。通过高深的计算，他既可以追溯过去，也能够预知未来。然而这妖怪十分不幸，有一天他突然想，我可以预知全世界的所有事情，可这些事为什么一定要发生呢（并不是询问过程，而是追究其根本原因）？为了追究这个终极原因，他展开了高深莫测的计算，但是一无所获。为什么向日葵是黄色的？为什么草是绿色的？这一切为什么存在？这些疑问始终纠缠着这个神通广大的妖怪，最终，他惨死在了这条不归路上。

女偊氏又讲了另外一个妖精的故事。这是一个寒酸的小妖精，他总是说自己生来是为了寻找一种小而锐的发光之物。但是没有人知道那发光的东西是什么。小妖精不辞辛苦地寻找，他因那东西而生，又因那东西而死。女偊氏说，虽然小妖精始终都没有找到，但这小妖精的一生是极为幸福的。

女偊氏说完了，可是她没有解释这故事背后的道理。不过，最后她又说：

"能为某一目标疯狂的人是幸福的。虽然最后死了，但他们获得了救赎；参不透这种疯狂的人是不幸的，因为他们既不能决定自己的死，又不能决定自己的生，只能碌碌无为。'爱'是对这种疯狂更高贵的解读，'行'是对这种疯狂更明确的思索方式。可怜的悟净啊，你将万事万物都浸泡在意识的毒液中了。那些决定我们命运的重大变化，都是在我们的意识之外发生的。想想吧，你出生的时候，你有意识到自己诞生了吗？"

悟净恭恭敬敬地回答师父道："如今我深刻理解了师父的教诲。其实，我在数年间遍访名师，发现自己正是由于不断思索，才在泥沼中越陷越深。我无法突破自我，获得重生，内心痛苦不已。"

听了这话后，女偊氏说："溪流到了断崖边会形成小漩涡，接着就会变成瀑布飞流直下。悟净啊，如今的你就在漩涡前犹豫不决。如果你跨出一步投身漩涡之中，就会瞬间跌入万丈深渊。这过程中由不得你思索、反省与徘徊。胆小的悟净啊，一方面你害怕走进小漩涡和他人一同跌进谷底，因而踌躇、旁观；另一方面，你自己也想果断地纵身而跃。你心里明明清楚自己迟早都要跌进谷底，但你在这两个选择中纠结不已，难道你还对旁观者的位置恋恋不舍吗？愚蠢的悟净啊，你可知道，在生命的漩涡中气喘吁吁的人们，其实并非像你看到的那样不幸啊（至少要比持怀疑态度的旁观者幸福好多倍）。"

悟净感到师父的谆谆教诲十分宝贵，但他内心似乎还残留着不能释怀的东西，于是，悟净辞别了师父。

现在已经不必向别人求道了，每个人都在说大话，没有一个能解决我的困惑。他一边自言自语，一边踏上了归途。尽管明白有些问题并未解决，但大家都装作已经解决的样子，这规则似乎已经得到了公认。既然如此，我却还四处叫嚣着"没有解决，没有解决"，我实在是太笨了，自寻烦恼。真是的！

五

由于悟净太愚钝，他并没有明显地表现出幡然醒悟或脱胎换骨，但他身上潜移默化地发生了一些变化。

起初，他只是有一种想要赌一把的心情。如果面前有两条路，一条充满泥泞，另一条虽然险峻但是有可能获救，必须二选一的话，任谁都会选择第二条路。那悟净为什么还要犹豫呢？这时他才意识到，自己有些卑劣，想急功近利。万一自己选择了那条艰险的道路，一路走下去并没有得救，岂不是造成了无法挽回的损失吗？这种想法让他越发优柔寡断。为了避免劳而无功，因此选择一条虽然不那么艰难，但必将通往灭亡的道路，这是自我怠惰、愚蠢又卑劣的想法。在女偊氏身边的那段时间，他的想法被迫朝另一个方向转变。起初，这种转变是被逼无奈的，后来却渐渐变为他主动的思考。悟净领悟到：至今为止，他一直在寻求世界的意义，而不是个人的幸福，这是大错特错的。归根结底，这种方向的变化还是源于追求幸福这一执念。自己不是那种能对世界意义侃侃而谈的大人物，认识到这一点后，他不再自卑，充满了平和的满足感。此外，他发现他对自己还不够了解，于是他鼓起了勇气剖析自己，无论如何，先去试试看，不考虑结果，只是拼尽全力去做，哪怕注定失败也没有关系。之前他一直因为害怕失败而放弃努力，现在他的思想终于升华，不再排斥徒劳无功，愿意付出努力了。

六

悟净已经精疲力竭了。

有一天，他倒在一条路上，昏睡过去。他一连昏睡了好几天，不仅没有饿意，而且连一个梦也没有做。

当悟净醒来时，发现四周一片明亮。入夜了，是明亮的月夜。一轮又大又圆的春月映在水面上，浅浅的河底铺满了静谧而皎洁的月光。悟净神清气爽地站起身，他觉得有些饿了，于是抓了五六条鱼，狼吞虎咽地吃了起来。接着，他又将腰间装着酒的葫芦取下来，对着瓶口一仰头，真是美味！他开怀畅饮，发出咕噜噜的声音。将葫芦里的酒喝得一干二净后，他自在地出发了。

脚底下的每一颗沙砾都清晰可见；数不清的小水泡沿着水草从河底摇摇晃晃升起来，像水银球一样发着光；偶尔有一群肚子发着白光的小鱼游来，看到悟净后匆忙游走，消失在绿油油的水草后面。悟净渐渐陶醉了，一反常态地想要唱歌，他正要开口，从远处传来了歌声。悟净站在原地细细聆听，那声音像是从流沙河外面传来的，又像是水底深处传来的，虽然声调有些低，但听来倒很是清晰。悟净侧耳倾听，那人唱的是：

江国春风吹不起，
鹧鸪啼在深花里。
三级浪高鱼化龙，
痴人犹戽夜塘水。

悟净席地而坐，再一次竖起耳朵聆听。皎洁的月光染白了透明的水底世界，舒缓的歌声犹如渐渐飘散在风中的角笛声一般，婉转悠扬，久久不绝。

悟净虽未入梦，但也不是十分清醒。他久久地蹲在原地，感到灵魂深处隐隐作痛，怅然若失。就在这时，他发现自己走进了奇妙的梦幻世界。水草与游鱼的影子一下都从他的视线里消失不见了，不知从哪里飘来了兰麝的香气。疑惑间，有两个陌生人朝他走过来了。

走在前面的是一位手持锡杖，看起来颇有来头的壮汉。跟在后面的也定非寻常之辈，只见她头戴宝珠璎珞，头顶肉髻，周身散发圆光，相貌端庄威严。走在前面的人率先开口道：

"我乃托塔天王二太子，惠岸行者木叉。旁边这位是我的师父——南海观世音菩萨摩诃萨。师父心系万物，天、龙、夜叉、乾闼婆、阿修罗、迦楼罗、紧那罗、摩睺罗伽、人、非人等众生无一不受师父垂怜。如今，师父见悟净你深陷苦恼之中，特地现身点化于你。还不快快谢恩。"

不知不觉低下头的悟净，只听到耳边有一阵美妙的女声传来，不知那声音是妙音、梵音，还是海潮音。

"悟净啊，谛听我的一番话吧，你要时时忆念这教诲。不知天高地厚的悟净啊，未得圣法而谓已得，未经证明而谓已证，世尊佛祖苛责此为增上慢。你偏要求证不可证之事，由是观之，可以说是极度的增上慢。你所寻求的，是连阿罗汉、辟支佛尚不能寻求且不想寻求的东西。可怜的悟净啊，你的灵魂究竟是如何走上这悲惨迷途的？修得正观，才可成就净业。可你却过于在意得失，陷入邪观，这才遭遇了无量痛苦。如今，仅仅依靠观想是救不了你的，获得救赎的办法只有一个：你要摒弃一切思念，开始行动。所谓时间，说的就是人的作为。从整体来看，世界是毫无意义的，但是从局部来看，采取直接的行动时，世界又有着无限的意义。悟净啊，你去自己该去的地方，投身于自己该做的事吧。把这个不知天高地厚的'为什么'扔到身后去吧。否则,你无法得到救赎。

"今年秋天,会有三人自东向西而行,途经流沙河。那是西方世界金蝉长老转世的玄奘法师和他的两个徒弟。他们此行是奉唐太宗之命,前往天竺国大雷音寺求取大乘三藏真经。悟净啊,随玄奘西行,那是你该去的地方,也是你该做的事情。尽管路途辛苦,但是你切莫怀疑,只管努力即可。玄奘有一个徒弟名叫悟空,那悟空无知无识,但虔诚无比,从无怀疑之心。他身上有很多值得你学习的地方。"

当悟净再一次抬起头来的时候,眼前已经什么都没有了。他茫然地站在水底的月光中,心情很是复杂。他大脑一片混乱,利用仅有的一丝清醒努力思考:

……这真是应了天时、地利、人和。如果换作半年前的我,我才不会做刚才那种奇怪的梦呢。回想一下,刚才梦里菩萨说的话和女偊氏、髽鲇子说过的话几乎没什么差别,但是今天晚上我却深受触动,真是奇怪。虽然我不认为自己能因一场梦得到救赎,可话说回来,不知道为什么,我总觉得梦里观世音菩萨提到的玄奘法师和他的徒弟,他们还真有可能从这里经过。只能看是否会发生这事儿了……

悟净这么想着,脸上浮现出久违的微笑。

七

那一年秋天，悟净果然遇到了大唐来的玄奘法师，凭借玄奘法师的力量，悟净得以离开水底，变为人身。就这样，悟净和勇敢而又天真烂漫的齐天大圣孙悟空，还有好吃懒做的乐天派天蓬元帅猪悟能一起踏上了新的旅程。只是，悟净过去的病好像还没有彻底痊愈，在西去的旅途上，他还是会忍不住自言自语地嘀咕：

"太奇怪了，我总觉得有点不踏实，难道不再苦苦寻求问题的答案就等于弄明白了吗？我更糊涂了！我真是搞不懂。幸好现在我已经不再像之前那样苦恼了，这样好像也不错……"

悟净叹异

沙门悟净的手记

用过午饭后,趁着师父在路边一株松树下小憩,悟空把八戒带到了附近一片空地,让他练习变身术。"试着变个身看看!"悟空道,"你要从心底想,自己要变成一条龙。听到了吗?要由衷地想。要拿出最为专注的劲头,杂念通通丢到一边去。听清楚了吗?要用真心,最坚定的真心!"

"瞧好吧!"八戒把眼睛闭好,双手合十。八戒的身影凭空消失,却惊现一条五尺有余的青蛇。我在一旁看着不禁扑哧笑出了声。

"呆子!你就只能变成一条青皮蛇吗?"悟空训斥道。接着,青蛇没了踪影,八戒现出原形。"这究竟是怎么回事儿呢?"丢了脸的八戒,从鼻子里闷哼一声。

"不行不行,你这呆子刚才一定没有全神贯注。再试一遍!听着,要认真,要拿出最认真的一面,心里想着'我要变龙,我要变龙'。要变成一条龙的想法到位了,你就能成了。"

"好,再试他一回!"说着,八戒便双手合十。这回和上回不同,他变成了另一副奇怪模样。虽然样子是条蟒蛇,可长着短小的前肢，宛如一只大蜥蜴，而那腹部又像极了二师兄本身的模样，圆滚滚地凸了出来。他用短小的前肢往前爬了两三步，有种说不出的滑稽。我又一次哈哈大笑起来。

"行了！行了！快变回来吧！"悟空怒吼道。于是，八戒现了身，挠了挠头。

悟空："就因为你这呆子想要变成龙的意念还不够专注，所以才失败的。"

八戒："冤枉啊！我可是拼尽全力，一门心思地想着'变龙！变龙！'专注得很，用心得很啊！"

悟空："你变化的功夫不成，这也就是说，你现在尚不能完全集中注意力。"

八戒："这话可太过分了！你这不就是结果论吗？"

悟空："有道理。仅从结果上下定论，这可绝非上策。可是，不管怎么说，这似乎是这世上最切实、有效的办法。而你的失败也正缘于此。"

按照悟空的说法，变身之法的原理是这样的：先有想要变成某物的意念，然后使这个意念变得极为纯粹，如果这种意念强烈到无以复加，自然就成功了。而失败则多是因为用心不够专，所谓法术的修行，就是通过练习，使自己的意念纯粹且强烈，然后驾驭这一意念。修炼法术是极难的，但一旦到此境界，就不必像之前一般耗费巨大努力，只需保持心神，就能轻松达到目的。这和其他学问是一样的。人往往难以练成变化之术，而狐狸却能轻松做到，就是因为人类太容易分心，极难做到全神贯注，相反，野兽无须为诸事劳心费神，因此易于练成此术。

悟空是个天才，这是毋庸置疑的。在刚见到这猴子时，我便感觉到了。最初，我见这猴子生了一张毛茸茸的红脸蛋，模样甚是丑陋，可下一秒，我就被他来自内在的魅力折服，将他容貌上的不足忘得一干二净了。如今，我甚至会觉得这猴子长相俊美（就算说不上俊美，但至少也算相貌堂堂）。从悟空的神情和言语中，就能感受到他十足的自信。这猴子不会撒谎，对他人自不待言，对自己也是足够真诚的。悟空心中总是燃着一团火——一团熊熊烈火，那团火总是能很快地感染到他身边的人。听着他的话，会自然而然地认同他所深信的东西。只要待在他的身边，就会充满自信。如果悟空是火种，世界则是为他准备的薪柴——这个世界就是为了被他点燃而存在的。

在我们看来平淡无奇的事情，在悟空眼中可能会是一次有趣的冒险的开端，或是可以让他大显身手的机缘。与其说是原本富含意义的外部世界吸引了悟空的注意，倒不如说是他赋予了外部世界各种意义。他内心的那团火点燃了世界。他不是在用火眼金睛探索世间，而是带着一颗诗人之心（虽然可能是个粗野的诗人）温暖自己接触到的一切（但有时也会被烧焦），让其从中萌发出意想不到的新芽，并开花结果。因此，在悟空的眼里，没有任何事物是平凡、陈腐的。每天一早醒来，他都要礼拜旭日，如同第一次看到日出那样发出惊叹，深深陶醉于日出之美。那是他源自心底的感慨、赞叹。他几乎每天都会这么做。就连看到松树的种子长成了新苗，他都会瞠目结舌地感叹"太不可思议了！"悟空就是这么一个人。

和这天真无邪的样子相比，你再瞧瞧他与棘手强敌对战时的模样，那身影简直是无与伦比、震撼人心、完美无瑕！他全身上下每一处肌肉都紧张起来，挥起金箍棒时节奏感十足，棒不虚发。他那不知疲倦的身体充满了力量。他挥汗鏖战，强劲有力，英勇善战。他那坦率、充满力量、忘我而又热情的样子堪比耀眼的太阳、盛开的葵花、啸鸣的蝉，表现出一种炽热的美。这猴子作战时的英姿举世无双。

至今我还清楚地记得，大约在一个月前，他在翠云山中与牛魔王交战时的情景。那风姿让我叹为观止，我甚至还详细记录下了二人战斗时的经过：

……牛魔王化作一只香獐，优哉游哉地吃着草。悟空见势，遂化身作一头猛虎朝香獐冲去，欲吃了这香獐。牛魔王情急之下又变成一只庞然大豹，奔向前去，欲与猛虎厮杀一番。悟空一看不妙，当下变成狻猊，向豹子展开攻击。然而牛魔王不甘示弱,随即变作黄狮,发出惊天咆哮,看样子要把那狻猊给撕个片甲不留。这时只见悟空转身倒地,竟化作一头大象。那大象鼻如长蛇,牙如尖笋。牛魔王一时招架不住现出了原形,陡然间变成一只大白牛。那牛身形如山,目光如炬,双角好似两座铁塔。从头至尾长千丈有余,从蹄到脊高八百多丈。牛魔王开口便振聋发聩,只听他道:"你这泼猴,如今奈我如何!"说时迟那时快,悟空也瞬即大喝一声,现了原形。悟空此时身高一万丈,头似泰山,眼如日月,口若血池,奋起将金箍棒向牛魔王挥去。牛魔王用双角顶住这一击,两人又至半山腰展开一番厮杀,那场面惊心动魄,真是山崩地裂海水倾,天旋地转气势宏……

好壮观的场面!我不禁长舒一口气。我不打算出手助他,倒不是我认为孙行者胜券在握,而是实在不好意思在一幅精美绝伦的名画上画蛇添足。

劫难对于悟空心中的那团火焰而言就好像油一样。每当他遇到劫难时,他全身(精神也好肉体也好)都会燃起熊熊火焰。当一切平安无事的时候,他反而令人不解地露出一副精神不振的模样。他就像一个陀螺,如果不能飞速旋转,便会倒下。在悟空的眼中,艰难的现实如同一张地图——一张明确标出距离目的地最短路线的地图。实际上，在看明白现实情况的同时，他清楚地知道哪一条路能通往目的地。可以这么说，这条通往目的地的必经之路犹如在暗夜里发光的文字一般，浮现在他眼前。除此之外他一概视而不见。愚钝之人总是寻求事物的意义，当我们还沉浸在茫然的思考中却毫无收获时，他已经迈开脚步，踏上了那条通往目的地最短的路了。虽然人们总是对他的武勇与神通赞不绝口，却竟然对他那异于常人的、与生俱来的智慧一无所知。而悟空自身呢，早已将思考判断与通天的本领浑然地融为一体了。

我知道悟空是个文盲。他没什么才学，昔日里在天庭做掌管群马的弼马温时，既不认得"弼马温"三个字，也毫不知道自己的职务是什么。虽然这些事情我都很清楚，但我依然要说，悟空的（与他的力量相协调的）智慧与判断力可谓世间绝无仅有。我常觉得悟空拥有颇高的教养，至少他对动物、植物和天文相当了解。他只需看上一眼就能判断出大多数动物的习性、强弱以及其身上的主要武器的特征等。就算是杂草，他也能清楚辨识哪种是药草，哪种是毒草。至于那些动物和植物的名字（世间常用的通称），他却偏偏全然不知。他还擅长通过星象判断方位、时辰和季节，却毫不知晓"角宿""心宿"这些名称。而我呢，二十八星宿之名我虽能倒背如流，可面对星空时却根本辨认不出它们来。我们之间的差异可太大了！在这目不识丁的猴头面前，我深切地感受到仅从文字收获教养的悲哀。

悟空身体的每一个部分——眼、耳、口、脚、手等——无时无刻不处于生龙活虎且兴奋昂扬的状态。尤其一到战斗时，他身体各个部分异常活跃，如同夏日里觅得鲜花的群蜂一般，一齐发出嗡嗡的欢呼声。或许正是如此，尽管他作战时专注无比，但总透露着几分戏耍之趣。人们常常怀"赴死之心"去战斗，但悟空却绝没有赴死的念头。不管身陷多么危险的境地之中，他都只担心自己能否完成眼前的事情（击退妖怪，救出三藏法师），全然将自己的性命置之度外。

无论是在太上老君的八卦炉里险些被烧死时，还是中了银角大王泰山压顶的大法，被压在泰山、须弥山、峨眉山三座大山之下濒临溃败时，他绝不为自己的生死发出一声悲鸣。最为痛苦难耐的莫过于他在小雷音寺被黄眉老道关进金铙的时候。任凭他百般推按，金铙始终不破。悟空把自己的身体变大，试图突破这金铙的束缚，不料金铙却随着悟空的身体一起变大，又随他的身体变小而紧缩，让悟空无计可施。悟空拔下一根猴毛，将其变作利锥，想在金铙中凿个洞，可金铙坚固无比。那金铙能将铙中之物溶为血水，悟空的屁股开始软化，即便如此，他还一心系挂被妖怪抓走的师父的安危。悟空对于自己的命运有着无限的自信（尽管他本人似乎并未意识到这份自信）。最后，天界的救兵亢金龙前来支援，亢金龙贯注全身之力，用自己堪比钢铁的犄角从外部狠狠向金铙顶去。犄角直扎进了金铙内部，但这金铙竟如人肉一般，严丝合缝地紧紧裹住了亢金龙的角。但凡有一丝能漏风的缝隙，悟空都可化作灰尘大小逃脱出去，可事实却不如人意。眼看着半边屁股都要融化了，千钧一发之际，悟空从耳朵里掏出金箍棒，把它变作一把钢钻，在亢金龙的犄角上钻了个洞，随后悟空又将身子变作芥菜籽大小，钻进孔中，让亢金龙把犄角拔出来。得救之后，他完全忘了自己那已经变得软乎乎的屁股，立即就前去营救师父。脱险之后，他绝口不提当时的凶险，或许他从来都感受不到所谓的"太危险"与"没救了"吧。这个猴子一定也未曾考虑过自己的寿命和生命。想必，这样的他在临死那一瞬间，一定还浑身洋溢着活力与精气神。这猴子的一生让人觉得壮阔，但绝不悲怆。

猴子明明都喜欢学人，但这位却是个从不学人的美猴王！岂止是不学人，除非他自己充分理解了，否则外人强加于他的思维方式，哪怕是数千年前就被世人所公认的想法，他也绝对不接受。

传统习俗也好，世间的名望也罢，在他的面前没有丝毫权威可言。

悟空的一大特点，就是绝不提及过往之事。或者说，他已经将过去的事情忘得一干二净——至少有几件事是彻底忘了。但是他将每一次经历带来的教训都深深融进自己的血液中,并立即转化为精神和肉体中的一部分。所以,他没有必要将过去的事情一一记在心里,从他不会在战略上重蹈覆辙就能看出这一点。然而,自己是在什么时候,又是经历了何种痛苦才收获了那教训,他已经完全遗忘了。这猴子有着神奇的能力,能在自己无意识中将过往的体验全部吸收。

但是,曾有一次可怕的经历,令悟空终生难忘。他跟我讲述过那时的惊险——那是在他刚刚见到释迦如来佛祖时发生的事。

那时候,悟空不知晓自己神力的极限在何处。他脚踏藕丝步云履,身披锁子黄金甲,手持从东海龙王那儿夺来的重达一万三千五百斤的如意金箍棒,天上地下无可匹敌。他大闹众仙云集的蟠桃盛会,即使是太上老君的八卦炉,也奈何不了他,天庭被他搅得一片混乱。那日,他打倒一众天兵,在凌霄殿前与率领三十六员雷将的佑圣真君对战半日有余。适时,释迦牟尼如来带着迦叶和阿难两位尊者从那处经过,如来拦在悟空面前,想要让他们化干戈为玉帛。悟空愤然顶撞如来。如来一边笑,一边对悟空说道:"你这本事好生了得啊,究竟是如何修炼得道的?"悟空回答说:"俺本是东胜神洲傲来国花果山的石头里蹦出来的!不知道俺这本事的都是有眼无珠的蠢货!俺已经修成了长生不老之法,能乘云驾雾,俺乃翻个跟斗就十万八千里的孙行者是也！"如来道："莫要口出狂言啊。先不说十万八千里，你到我手掌中来，怕是再想逃出去都难呐。""什么？"听了这话，悟空顿时火冒三丈，当即就跳到了如来的手掌上。"俺有通天法力，能飞八十万里，还飞不出你区区手掌心？"话音未落，他便招来筋斗云，约莫飞了有二三十万里，只见有五根通红的大柱子挡在面前。悟空走近这柱子，在其中一根柱子上洋洋洒洒挥墨写下"齐天大圣到此一游"几个大字。随即又乘云飞回如来的掌心，扬扬自得地说："毋庸说你的手掌，爷爷已经飞到三十万里之外，在那儿的柱子上留下标记了！""愚不可及的山野蛮猴啊！"如来笑着回应道，"你那点雕虫小技能成什么事？从刚才开始，你只不过是一直在我的掌心里来去罢了。你若不信，且看看我这根手指吧。"孙悟空惊异不已，仔仔细细地看去，只见在如来的右手中指上赫然出现"齐天大圣到此一游"几个大字，墨痕还未干，这正是自己的笔迹。"这……"他惊讶地转过头去仰视如来的面庞。如来脸上的微笑已然不见，目光骤然严肃起来，凛凛的目光注视着悟空，同时如来的身形越变越大，呈遮天蔽日之势朝悟空的上方压过去。悟空大惊失色，好似全身的血液都凝固了，就在他慌张地想要跳出如来的手掌时，如来转而将手掌一翻，困住了他，五根手指化作五行山，将悟空压在了山下。如来又金书六字真言"唵嘛呢叭咪吽"，贴在山顶上。悟空只觉世界天翻地覆，在一片恐惧中颤抖不已。对他来说，世界就在那一刻起彻底改变了。此后,他因身于岩石洞窟之中,饿了就吃铁丸,渴了喝铜汁,盼着赎清罪过那一天的到来。悟空从此前的狂妄至极一下跌进了极度不自信的深渊,他傲气尽失,在痛苦时会不顾颜面号啕大哭,也不在意别人是否会听到。就这样过了五百年,意欲前往天竺的三藏法师从此处经过,揭下了贴在五行山山顶的咒符。悟空因重获自由哇哇大哭,这一次,流出的是喜悦的泪水。悟空愿意跟随三藏法师千里迢迢前往天竺国,也是出于喜悦和感恩,这是最为纯粹且最为强烈的感恩。

  如今回想起来,被释迦牟尼制服带来的恐惧,就像是给不知天高地厚活得张扬(知悉善恶之前)的悟空加上了一个来自世间的限制。而且,要令这巨大的存在的猴子有益于世人,也有必要让他在五行山的重压下关押五百年,将此前的"大"凝聚成"小"。只不过,如今凝聚变小的悟空,在人们的眼中是何其的优秀、伟岸、出众啊!

  三藏法师是一位不可思议的人。他相当柔弱,柔弱得令人吃惊。他不懂变身术。途中一旦有妖怪袭击,他立刻便受制于妖。与其说柔弱,倒不如说他似乎连自我防御的本能都没有。手无缚鸡之力的三藏法师,究竟为什么能深深吸引我们三个人呢?(只有我会思考这样的问题,悟空和八戒无论怎样对师父都只是百般敬爱。)在我看来,或许是因为我们看到了师父那份柔弱之中带着某种悲剧性的品质，并被其吸引了吧。而那，正是我们——妖怪中的得道之人所缺乏的东西。三藏法师能够清楚地领悟到，大千世界中自己（或者说人类，又或者说活着的一切事物）所处的位置，以及他们的悲哀与珍贵。而且，他还能忍受自身的悲剧性，勇敢地追求正确、美好的事物。这一点正是我们没有而师父却拥有的特质。就是这样，尽管我们比师父神通广大，我们能将数不清的变化之术熟稔于心，但是，一旦我们领悟到自己的悲剧性，就无法将正确的、美好的生活继续认真地过下去。师父最令人折服的，就是弱不禁风的身体中所蕴含的那份坚强。那被外在的柔弱包裹起来的宝贵品质，便是师父的魅力所在。这便是我的想法。此前，混蛋八戒却称，我们——至少悟空对师父的敬爱之中，大概掺杂着对师父美色的觊觎。

说句实话，比起悟空这一实干型的天才，三藏法师简直是实务方面的愚人啊！只是，这是因为二人的生活目的不同。当遇到外部困难时，师父不会披荆斩棘在外部寻求出路，而是追求内心的解放。他会做好心理准备，让自己忍受那些苦难。他并非只是在危难时刻慌里慌张地准备，而是在日常的生活中就做好了不因外部事件而动摇自己内心的准备。师父早已做好了随时都可以平静死去的准备，因此他无须在外部寻求出路。对我们来说，在肉体上毫无防御能力是十分危险的，可是这对于师父的精神而言却并无大碍。悟空的表现已经十分出色，然而这世界上或许还有一些难题,是天资聪颖的悟空也解决不了的。反观师父,他则没有这种难题。因为对于师父来说,一切都无须解决。

悟空其人,有怒火但无苦恼,有欢喜但无忧愁。他能够单纯地肯定自己的人生,也就顺理成章了。而三藏法师呢?尽管他拖着柔弱之躯,丝毫不能自保,时常会受到来自妖怪的迫害,但他还是豁达地肯定生命。这是多么了不起的事情啊!

但悟空并不理解师父胜过自己的这一点,他只是觉得自己不能离开师父。心中有不快时,他会认为自己追随着三藏法师,不过是因为紧箍咒(悟空脑袋上套着一个金箍,每当悟空忤逆师父的命令时,师父就会念咒,这个金箍就会越来越紧,使悟空疼痛难忍)罢了。所以,他会一边嘟囔着"师父真是麻烦",一边前去将师父从妖怪手中解救出来。"那么危险,实在不能袖手旁观。为什么师父那么不中用啊!"说这话时,悟空已然把自己当成师父的救星,醉于对弱者的怜悯之中。但实际上,悟空对师父的感情中还夹杂了所有生物都有的感情——对于高尚者本能的敬畏及对于美好和珍贵之物的憧憬,只是悟空尚不自知。

与此同时,师父也不知道自己比悟空更为优越。每当从妖怪手中得救时,师父总是泪流满面地感谢悟空道:"多亏你出手相救,要不为师就没命了!"但其实呢,不管是哪个想要吃了师父的妖怪,都不可能得逞。

悟空和师父两人都不知道彼此之间真正的关系,但他们依然互敬互爱（当然，两人间也会偶有隔阂），真是一幅妙趣横生的画面。但他们也有一个共同点——在对待生活的态度上，他们都认为所遇为必然，而必然即是生命的全部。同时，他们都把必然看作自由。我听说金刚石和石炭是由同一种物质构成的，师父和悟空的生活方式差别，比金刚石和石炭之间的差异还要大，但这两种截然不同的生活态度却在接受现实上有了交集，这也是件有意思的事。而且，这份"必然与自由的等同"的生活态度不也是他们无愧于天才的有力证明吗？

悟空、八戒和我，是三个完全不同的人。比如说，某天傍晚，经商量后，我们一致决定借宿于路边荒废的古寺之中，这看似一致的决定下却是三个人各不相同的心思。悟空是想到荒废的古寺才是降服妖怪的宝地，进而决定在那儿栖身的；八戒之所以选择那里，则是因为到了此时再找别处实在麻烦，他只想快点找一处歇歇脚，填饱肚子，好好睡上一觉；而我呢，则是因为想到反正这附近遍布妖怪，去哪儿都免不了遭殃，干脆在这里遭殃得了。是不是只要三人在一起，都会如此不同？每个人活法不同，真是世间最为有趣的了。

虽然在孙行者的耀眼光芒下，八戒的存在感并不那么强，但是毋庸说，猪悟能——八戒也是一个极具特色的人。简而言之，这头猪同样深爱着这人生，深爱着这世界。他用尽自己的嗅觉、味觉、触觉来体会这世间。有一回，八戒对我这么说道："咱们为什么要去天竺呢？是为了修善业，来世好托生于极乐世界吗？那极乐世界究竟什么样啊？难不成就是每天坐在莲叶上晃晃悠悠地度日？在那极乐世界里，也是对着冒热气的热汤'呼呼'吹一吹，然后喝进腹中吗？也能痛快吃烤肉吗？如果没有这些快乐，而是像传闻那样，和仙人们一样吸风饮露地活着……啊！那俺老猪可不乐意，不乐意。那叫什么极乐啊，俺坚决不干！这个世界才是最好的，甭管吃了什么苦头，俺都能把它忘个干净。这样的世界才快乐至极。至少，俺是这么想的。"说完，八戒开始一一列举在这个世界上他认为快乐的事情：夏日，在树荫下午睡，在溪流中沐浴，在月夜下吹笛；在春日初晓晨寐；在冬夜炉边把酒言欢……他无比兴奋地列举了诸多快乐！特别是，每当说到年轻女子的肉体之美以及应季食材的美味时，他能说上几天几夜。我不由得大吃一惊，因为我从来也没有想到过，这个世界上有如此多的快乐，有如此多可以细细品味的东西。我这才明白，原来享受也是需要能力的，打那以后，我再也不敢轻视这头猪了。不过，最近我注意到一件古怪的事情，让我不禁回味他之前所言——我偶然发现，在八戒的享乐主义之下，透露着某种不安。"要不是出于对师父的敬重，还有对孙行者的畏惧，这一路上这么艰险，俺早就撂挑子不干了。"这些话都是八戒的口头禅，但是我却看到了八戒的享乐主义之下，潜藏着他战战兢兢、如履薄冰的不安全感。对于那头猪而言（对我来说也是一样），这前往天竺的旅途，是无尽的幻灭与绝望之中的救命稻草，只是，我现在不能用心考量八戒的享乐主义背后的秘密。总而言之，我眼下必须要从孙行者那里学会各种各样的本事。三藏法师的智慧也好，八戒的生活方式也罢，我都无暇顾及，待我从孙行者那里出师以后再想不迟。我还差得远呢，现在的我还没能从悟空那里学到点什么。自我离开流沙河以来，究竟有多少长进呢？还不是依然如吴下阿蒙一般吗？西天取经的路上，我的任务有以下两件：在平安无事的时候劝阻悟空切莫冲动行事，每日劝诫八戒莫要偷懒。然而也不过如此而已啊。我没有发挥过任何积极的作用。难道像我这样的人，不管生于何时何地，最终都只能做一个调解人、忠告者、旁观者吗？难道我就注定没法做一个行动家吗？

每当我看到孙行者的行动，我都禁不住思考：熊熊燃烧的烈火并不知道自己正在燃烧，而认为自己正在燃烧着的，却并未真正燃烧。每每见到悟空豁达、无所畏忌地行事，我总会这么想：所谓自由的行为，是那份成熟于内在、抑制不住的渴望，自然而然展现在外部的行为。但是，我仅仅只是这么想想，却未跟紧悟空迈出第一步。尽管我很想学，无奈我的气场与悟空的差异实在太大了，加之悟空豪放不羁的独特个性，令我感到畏惧而不敢接近。其实，说句实话，悟空算不上一个十分难得的朋友。他不会考虑他人的感受，爱训斥他人。他常以自己的能力作为标准来要求别人，也可以说他对自己的非凡才能并不自知，一旦别人做不到，他就会怒斥一番，这点真让人不堪忍受。当然，我知道悟空并没有恶意，他只是体会不了弱者的能力，所以他不会同情弱者的狐疑、踌躇和不安，所以他容易怒上心头、大发脾气。倘若他能不因我们的无能而发怒的话，他将是个十足的像孩童般善良又天真的好人。八戒总是因为贪睡、偷懒、拙于变身练习而被悟空怒斥。我之所以很少惹悟空生气，是因为我至今一直与他保持一定的距离，尽量不在他面前出什么差错，可正因为这样，我难以学有所成。离悟空更近一些，不管他如何暴躁地打骂我，我都不还口、不还手，只有这样，才能全身心地投入，从那猴头身上学到真本事。要不然，我离他远远的，只会感慨，必定一事无成。

夜里，我独自醒了过来。

今天我们四人走到了山阴处，晚上没有地方住，于是在小溪边的大树下面铺了一些草就睡下了。悟空在我对面熟睡，他的鼾声在空谷传响，他每打一次呼噜，头顶树叶上的露珠就会扑簌簌地落下来。虽说是夏天，但是山中的夜里依然清冷。想必已经过了午夜。从方才苏醒，我就仰面横躺在草地之上，透过树叶的间隙望着天上的星星。寂寞，真是无比寂寞，我仿佛只身站在一颗寂寞的行星上，眺望着漆黑、冰冷、空无一物的世界。星星这东西总是让我想起永恒与无限，但我不愿意想这些。此刻，我正仰面躺着，即使不情愿，也看得到那些星星。在一颗苍白硕大的星星旁边，闪耀着一颗小小的红星。红星的下方还有一颗发出暖暖黄色光辉的星星，风拂过叶片时，星星便时隐时现。我看到流星拖着尾巴消失在星空，不知道为什么，这一刻我想起了三藏法师那澄澈寂静的双眸。那双眸总是望着远方，对万物饱含怜悯。我一直都不清楚，那怜悯究竟源自何处，现在我领悟了。师父的眼睛看得到永恒，由此，他也清晰地看到了与永恒相对的无常，看到了这世间万物的短暂命运。我想，师父无时无刻不在用那充满悲悯的眼神注视着一切，注视着在灭亡之前仍要绽放的爱与睿智，以及其他数不清的美好事物。我看着群星，这些想法跃上了心头。我坐起身来，凝视着在一旁的师父。看着他那张安详熟睡的面孔，听着他浅浅的呼吸，我内心深处似乎有什么东西被点燃了，胸口开始发热。

一

春秋时期，鲁国下邑有一位游侠，名叫仲由，字子路。当时，孔丘是名望很高的学者，子路决心去愚弄陬人[1]孔丘一番。"什么贤者？我倒是要看看他有什么了不起的。"子路蓬头突鬓，斜戴着一顶帽子，穿着短后衣[2]；左手提着一只公鸡，右手牵着一头公猪，气势汹汹地走向孔丘家。子路故意摇着手中的鸡，拽着身边的猪，让它们发出聒噪的声音，以此来扰乱孔子讲学。

伴随着动物的叫声，怒目圆睁的青年子路，与戴圆帽、穿句履、佩玉玦、凭几而坐、面色温和的孔子展开了一番辩论。

"你喜好什么？"孔子问。

"我？我喜欢长剑。"青年昂然回答道。

孔子不禁微笑。因为他从青年子路的声音和态度中看出他稚气未褪，十分自负。这青年血气方刚，浓眉大眼，是个精悍之人，孔子从青年的脸上发现几分可爱的直爽，于是再一次问道：

---

[1] 孔子出生在鲁国陬邑。
[2] 武士穿的衣服。

"你如何看待学问啊？"

"学问？那东西有什么用？"子路本就是为了说这句话才来的，所以他气势汹汹地回问孔子。

学问的权威遭到质疑，此时不能微笑以待了，于是，孔子开始对他谆谆教导，说起了学问的必要性。"人君如果没有谏臣，将会失正；士人如果没有教友，则会失听。树木也一样，需要墨绳才能取直。正如骑马需要鞭子，射箭需要檠弓，人也需要学问来矫正狂妄的性情，怎么会没有用呢？只有匡正、雕琢，累积学识，才能成为有用之才啊。"

我们很难从后世记载的语录上想象孔子雄辩的场景，除了讲话的内容，还有讲话时平和的语气、抑扬的声调、坚定的态度，都让人不得不信服。从青年的神态可以看出他不再激烈地反抗，转而呈现的是谨慎倾听的样子。

但是子路尚存有反击的劲头，他追问道："可我听说，南山之竹不经燥烤就自然笔直，用它作剑，能够刺穿厚厚的皮革。以此来看，天资聪慧者还有必要学习吗？"

对于孔子来说，反击这种幼稚的比喻易如反掌。"你所说的南山之竹，如果加上羽毛，再经一番打磨，做成箭矢，恐怕不单单能穿透皮革吧？"孔子说完，这位惹人怜爱的天真年轻人一时语塞，他面色羞赧，呆立在孔子面前，像是在思考些什么。过了许久，他突然抛下手中的鸡与猪，低下头认输道："我愿聆听您的教诲。"

其实子路并非只是被孔子讲的道理说服,早在他见到孔子第一面,听到孔子说的第一句话时,他就感觉到自己把猪牵过来是不合时宜的,不由自主地对孔子的大家风范甘拜下风了。

第二天,子路行过师徒之礼后,成了孔子的弟子。

二

子路曾见过力大无穷的勇士擎举千钧大鼎,也听说过耳力过人的智者能听到千里外的声音,但从没见过孔子这样的人。孔子并没有那样怪异的超能力,他只是按照常识完成每一件事。尽管孔子从知性、感情、意识再到身体能力都很平凡,但是这平凡中却蕴藏着让人惊叹的伟大力量。孔子具备的各项能力处于恰到好处的平衡中,没有哪一项太过引人注意。子路真的是第一次见到这样的人。而且孔子豁达自在,没有一点穷酸学者的酸腐气息,这让子路十分惊讶。子路很快感觉到,孔子是个历经世事、通晓人情的人。令子路感到羞愧的是,就连自己引以为傲的武艺和膂力其实都在孔子之下,只是孔子平日里并不显露这些能力,让游侠子路感到震惊的莫过于此了。孔子有极敏锐的洞察力,能看透所有人的心理,不禁让人怀疑他是否也曾经历过放浪形骸的生活。孔子同时还怀有极为高洁的理想。二者间的跨越如此之大,每每想到这里，子路都暗暗称奇。总而言之，这个人不管身处何地，都是顶天立地的大丈夫！从道德上来看他是个大丈夫，从最为世俗的眼光来看，他也是个大丈夫。子路之前见到的那些人，他们的了不起都体现在各自的利用价值中，因为有所作用而显得伟大。但是孔子和那些人完全不同，单单是他的存在就已经足够了。至少子路是这么想的。他完全心悦诚服，拜在孔子门下还不到一个月，子路就发现自己已经离不开这个精神支柱了。

在后来，孔子周游列国漫长而艰苦的日子里，没有人像子路那样如此欣然追随于他。子路并不想仗着孔子徒弟的身份而追求仕途发展，他甚至不是为了在老师身边磨砺自己的才能和品德。这个男人之所以留在老师身边，只是出于一份至死不渝、一无所求、极其纯粹的敬爱之情。就像过去手不离剑一样，子路如今不管做什么都不离开老师半步。

当时，孔子还不到四十不惑的年纪。他不过比子路年长九岁，但是子路却感觉这九年之间隔着无限的距离。

再说到孔子。孔子对子路如此的桀骜不驯感到震惊。弟子当中不乏喜好武勇而厌恶文质的人，却鲜有人像子路一样轻蔑事物外在形式的。虽然究其根本，礼是归化于精神的，但必须要通过各种形式表现出来，可是子路这个人却很难从形式入手学习礼乐。尽管子路愿意聆听"礼云礼云，玉帛云乎哉？乐云乐云，钟鼓云乎哉？"这样的大道理，但每当老师细讲《曲礼》时，他便露出百无聊赖的神情。对于孔子来说，不打破子路对于外在形式的本能回避，教授他礼乐便是一个棘手的难题。与此同时，子路也在为学习礼乐这个大难题发愁。子路景仰孔子的厚重，他却没想到，这份厚重是孔子在日常生活中点滴积累而成的。孔子说有本方有末，他常常批评子路没有切实地充分考虑"本"是如何养成的。子路对孔子心服口服，可他能否接受孔子的感化就要另当别论了。

在说到"唯上智与下愚不移"时，孔子并没有将子路考虑在内。虽说这个弟子有不少缺点，但孔子并不认为子路是下愚之人。相反，这个剽悍的弟子拥有与众不同的优点，孔子对子路给予了远高于他人的赞赏。子路心性单纯、不计利害，这一美德在当时的鲁国实在少见，因此除了孔子，没有人认为这是一个美德，人们都把子路的单纯当作一种无可救药的愚钝。只有孔子清楚地知道，与这份珍贵的"愚钝"相比，无论是子路的武勇还是政治才干都显得微不足道。

子路悉听老师的教诲，严格要求自己，这一变化终于表现在子路的行为上——他对待父母的态度发生了转变。子路的亲戚都称赞他，说师从孔子以来，原本性情暴戾的子路变得温和，开始懂得孝敬父母了。受到表扬的子路心里怪怪的，他总觉得自己不像是在尽孝道，简直是天天谎话连篇。他左思右想，总觉得过去那个任性妄为,让父母束手无策的子路才是真正的自己。他甚至觉得那些之前夸他的亲戚太无趣了,竟然乐于见到自己这副虚伪的样子。子路之所以会这么想,是因为他不懂得分析世人的细微心理,而同时,他又是个极为诚实正直的人。

多年后,当发现父母已经老了,回想起幼年时父母强健的模样,子路泪如雨下。从那时候起,子路在孝顺父母这件事上才真正做到了尽善尽美,而那之前的孝顺也算不上真的孝顺。

三

有一天,子路正在街上走,遇到了两三个以前的朋友。那几人虽不是无赖之徒,但也是行事放荡不羁的游侠。子路停下脚步与老朋友交谈起来。

其中一个人来回打量子路穿的衣服,说:"呵!这就是儒服吗?太寒酸了!"

他又问子路:"你不怀恋长剑吗?"

见子路没有理会,那人又说了一番让子路不能坐视不理的话,他说:

"怎么样啊?我听说那个叫孔丘的先生是个招摇撞骗之人,总是一本正经、堂而皇之地讲些自己都没放在心里的大道理,就能轻轻松松地大赚一笔。"

说这话的人并没有恶意，他与关系亲密的朋友说话时，一贯爱逗口舌之快。可是子路听了这话却怒发冲冠，他一把抓住那个人的衣襟，挥起右拳狠狠砸向那人的脸颊。接连打了两三拳，子路才住手，挨打的人随即瘫倒在地。另外两人呆呆地看着这一幕，子路用挑衅的眼光看着他们。那两人都知道子路勇武，因而不敢吱声。他们一左一右搀起刚挨了打的小子，灰溜溜地走了。

某天，孔子似乎听说了这件事，便把子路叫到自己面前。孔子并没有直接说起这件事，而是给子路讲了些道理。孔子说："君子以忠为质，以仁为卫。遇到不好的事情时，君子用忠来化解困难；遇到侵暴时，君子用仁来防御伤害，没有必要动用武力。小人把不逊视为勇，但是君子却立义为勇……"子路老老实实地听着。

几天后，子路又一次上街，街边树荫下有一群人正在激烈地辩论，声音传到了子路耳朵里。听起来，他们好像是在说孔子的事。

"他总是说什么'很久很久之前'，老是把古时候的事情搬出来批判现在。谁都不知道过去到底发生过什么，所以，他瞎说什么都行。要是不加修改地按照老套的规矩来治世，那谁都不必费心了。所以对我们来说，活着的阳虎大人比起死去的周公伟大多了！"

当时是以下克上的乱世。政治实权先是从鲁侯转移到季孙氏的手中，如今又要转移到季孙氏的臣下——野心家阳虎手中。那说话的或许就是阳虎的幕僚。

"话说回来，我听说前阵子，阳虎大人想要起用孔丘，数次上门邀请他，谁知道孔丘竟然避而不见。孔丘那家伙，嘴上说着大道理，但真要讨论现实中的政治，估计就没自信吧！"

子路将人群拨开，大步走到说话那人的面前。人们很快认出了子路。刚才还扬扬得意、侃侃而谈的老头，此时脸色惨白，低下头，灰溜溜地躲到人群后面去了，或许是被子路怒目圆睁的模样震慑到了。

之后不久，各地纷纷发生了类似的事情。原本在指责孔子的人们只要远远看到正义凛然的子路，就会马上闭嘴。

因为这事，子路没少被老师训斥，对此，他也并非毫无怨言：

"要是所谓的君子和我感到了相同程度的愤怒，却还能控制自我不发作，那可真了不起。然而，实际上是因为他们感受不到我的愤怒。他们之所以能控制住自己的怒火，是因为那怒火太微弱。一定是这样的……"

过了一年以后，孔子苦笑感叹着："自从仲由进了师门，我的耳朵里再也没听到过坏话。"

四

有一次，子路在房间里鼓瑟。

孔子在另一间房里听到了鼓瑟之声，过了一会儿，他对身边的冉有说："你仔细听那瑟声，有没有感受到一股暴戾之气？君子发出的声音一定是温柔、中和的，能够蓄养生育之气。过去，舜帝弹五弦，作南风，诗里说'南风之薰兮，可以解吾民之愠兮。南风之时兮，可以阜吾民之财兮'。如今听仲由鼓瑟，却感受到了杀戮激越之情，不是南音而是北音，明显地听出了子路内心的暴虐恣意啊。"

后来，冉有找到子路，把孔夫子的这番话转告给了他。

子路原本就知道自己没有演奏乐器的天赋。他一直将这归咎为耳朵和手法。然而，当他得知其中还有来自更深层的精神方面的原因时，惊愕不已，便惶恐地想，最重要的竟然不是手法的练习，我得进行深刻的思考。于是，子路将自己关在房中，废寝忘食地静思冥想，身形日渐消瘦。几天之后，他认为自己终于领悟了要领，便再一次拿起瑟，极为小心地弹了起来。这一次，孔子听到音乐声，什么也没有说，脸上也没有任何不悦的表情。子贡告诉子路，师父听到乐声后并无责备之意。子路开心地笑了。

看到师兄高兴的样子，年轻的子贡不禁露出微笑。聪明的子贡很清楚，子路的奏乐声依然是充满杀伐的北音，他也知道，孔夫子之所以没有责备子路，是因为看到子路认真苦思、形容消瘦而动了恻隐之心罢了。

五

在所有弟子中，只有子路总被孔子训斥，也只有子路会心直口快地向师父提问。他经常提出一些肯定会遭到孔子驳斥的问题，譬如他会问："请问老师，抛弃古时之道，全凭我个人想法做事，是否可行呢？"也没有人会像他一样，面对孔子直言不讳道："岂有此理？夫子你太迂腐了！"但与此同时，也没有第二个人像子路这样全身心依赖孔子。依子路的个性，如果他对某事不理解，就绝不会不懂装懂，正因如此，他才接二连三地向孔子发问。而且，和其他弟子不同，他并不在意是否会遭到嘲笑或是训斥。

子路是个不羁的人，除了孔子，他没有对其他人甘拜下风过；他一诺千金，行事爽快，但在孔子面前他和其他弟子一样规规矩矩，这事儿的确让人觉得有些怪异。其实，他在孔子身边时也会有滑稽的想法——将复杂的思考或是重要的判断全交给师父，自己就可以高枕无忧了。就好像是一个在母亲面前撒娇的小孩子，就算有些事情力所能及，但还是央求母亲去做。有时候想想，真是令人不禁苦笑。

尽管如此，子路心中还有一片角落，就算师父也触碰不得。这是他的心结，说什么也不能退让。

对于子路来说，这世界上有一件很重要的东西。在它面前，生死都不足挂齿，区区利害更是微不足道。要说那是"侠"，实在有点太轻浮了，要说那是"信"或"义"，又总觉得像是道家学者之流，缺了些自由活泼之气。它究竟叫什么不重要，子路认为它类似于一种快感。反正，但凡让人感受到那种"快感"的事物都是好的，反之就是恶的。子路对此分辨得极为明确。一直以来，他都对此深信不疑。这和孔子口中的"仁"有相当大的区别，但子路一直注重从老师的教诲中学习吸收一些理论。比如，"巧言、令色、足恭……匿怨而友其人，丘亦耻之""无求生以害仁，有杀身以成仁""狂者进取，狷者有所不为也"等等。

起初，孔子也曾矫正过子路，后来又放弃了。子路是一头蛮牛。在孔子门下，有的弟子需要鞭策，有的弟子则需要用"缰绳"勒住。在孔子看来，子路还不是用缰绳就能驾驭的。孔子明白子路性格上的优缺点，所以，只要给子路指明大致的方向就行了。

"敬而不中礼谓之野，勇而不中礼谓之逆。""好信不好学，其蔽也贼。好直不好学，其蔽也绞。"……这些话，不只是孔子对子路个人，更多的是对身为一塾之长的子路的训诫。因为有些特质在与众不同的子路身上是一种魅力，但放在其他门生身上却大有弊害。

六

相传在晋国魏榆，有一块石头开口说话了。有贤者解释说，这是民众借由石头发出不满之声。当时衰微的周王室已分裂成两半，纷争不断。十余个大国互相勾结、反目，社会时刻处于干戈之中。

在齐国，齐侯与其臣下的妻子有染，夜里偷偷潜入该臣下的府邸中偷欢，被臣下杀死；在楚国，一位王族刺杀了病榻上的楚王，谋权篡位；在吴国，一个被砍足的罪犯偷袭了吴王；在晋国，有两个大臣以互相交换妻子为乐……当时的世道是如此混乱不堪。

鲁昭公讨伐上卿季平子无果，反倒断送了自己的江山，在外流亡了七年，客死他乡。虽然鲁昭公在逃亡中也很想回到故国，但是追随鲁昭公的臣子们担心回国后自己的命运，便纷纷劝鲁昭公留下，不让他回鲁国。当时鲁国的政权先是由季孙、叔孙、孟孙掌管，后来转移到了胡作非为的季宰、阳虎手中。

最终，擅长计谋的阳虎机关算尽，失势下台。鲁国政局风云突变,孔子出乎意料地得到重用,被封为中都宰。由于当时举国上下既没有公正无私的官吏,亦没有苛敛诛求的政治家,所以,孔子在政治上采取的公正方针与周密计划在短期内就取得了惊人的政绩。

当时的君王鲁定公十分惊讶,便问孔子:"用你治理中都的办法来治理鲁国,如何?"

孔子回答道:"岂止是鲁国,治理全天下都未尝不可。"

孔子从不说大话,如今却用谦恭的语气说出这等豪言壮语,鲁定公更加吃惊了。他立即把孔子的官位升至司空,紧接着又升为大司寇,身兼宰相一职。在孔子的推荐下,子路成了季氏家宰——相当于鲁国的内阁秘书长。自不必说,子路身为孔子内政改革方案的践行者,活跃在政坛前沿。

孔子改革的第一个政策就是加强中央集权,也就是强化鲁侯的权力。因此,势必要削弱如今比鲁侯权势更大的季、叔、孟三方的权力。这三人分别在郈、费、成三地建有超越一百雉(长三丈、高一丈)的私城,孔子决定首先要把这些居城摧毁,由子路直接负责实行。

子路看到自己的工作成果如此迅速且清晰地呈现在眼前,感到十分愉快,他从没有取得过这么大的成果。将张狂奸佞的野心家建立的利益集团一一击破时,子路体会到了一种从未体会过的价值感。每当看到孔子为了实现多年来的抱负而奔走忙碌且活力十足的身影时,他就由衷地感到高兴。孔子也不再把子路当作自己的弟子,而是把他当成一位值得信赖的、具有强大执行力的政治家。

在拆毁费地城池时,一个叫公山不狃的人起兵反抗,率领费地的人攻击鲁国都城。鲁定公在武子台避难,叛军的箭矢就射在他的身边,在这千钧一发的危急关头,多亏了孔子准确判断与指挥,这才救都城于水火。子路再一次为老师的实干才能折服。子路虽然对孔子卓越的政治才能以及高强的手腕有所了解,可他没有想到,在实际作战时孔子竟有如此高的指挥水平。不必说,这时子路率先冲锋陷阵,虽然很久没有舞动过长剑,但这种感觉也并非完全生疏。比起埋头苦读经书、钻研字句与学习古礼,直面残酷的现实似乎才更符合子路的性情。

为了向齐国求和,鲁定公曾在孔子的陪同下前往夹谷会见了齐景公,孔子呵斥齐国的无礼,还斥责了齐景公和齐国群卿及各位大夫。齐国本是战胜国,但齐国君臣都被孔子震慑得直战栗。这件事让子路在心里连连称快。自从那时以后,强大的齐国对身为鲁国宰相的孔子,或者说对于在孔子治理下渐渐崛起的鲁国开始有了畏惧之心。齐国绞尽脑汁,决定对鲁国采取一种古老的计谋——美人计。齐国向鲁国选送了一批擅长歌舞的美女,企图以此来迷乱鲁定公的心智,挑拨鲁定公和孔子之间的关系。这个幼稚的计谋竟然将鲁国国内"反孔派"联合起来,美人计很快就奏效了。

从此,鲁侯终日沉迷美色,甚至不上早朝。季桓子以下的大臣们也纷纷效仿。子路对此愤慨不已,与他们起了冲突,一怒之下辞了官。孔子没有像子路一样早早就放弃,而是用尽一切方法来挽回局面。但子路更希望孔子也辞官,他并不担心老师会与那些官吏同流合污,只是他无法眼睁睁地看着老师置身于乌烟瘴气的氛围中。

当倔强的孔子也不得不放弃努力时,子路舒了一口气。于是,子路欣欣然跟着老师离开了鲁国。

身兼作词、作曲家的孔子,回望着即将消失在视线里的鲁国都城,他唱道:

"彼妇之口,可以出走。彼妇之谒,可以死败。盖优哉游哉,维以卒岁……"

由此,孔子开始了长达数年的周游。

七

子路内心有一个巨大的疑问。这个疑问从孩童时代起就困扰着他,直到他长大成人,再到垂垂老矣,始终没有找到答案。这是一件司空见惯、无人质疑的事,那就是——为何邪恶滋长,正义却惨遭欺凌?

每当遭遇这样的事情，子路都不禁愤慨：为什么？为什么会这样？人们都说恶有恶报，或许有过这样的例子，但也只是个例，不管在以往还是在当今，好人善终的事情几乎难得一闻。为什么？这是为什么？

子路就像一个大孩子，他对此怒不可遏，捶胸顿足。究竟"天"是什么？上天是否有眼？如果是上天注定了人们这样的命运，那自己就要向上天反抗。难道就像难以分辨人与兽，上天也难以区别善与恶吗？难道归根结底，正义与邪恶只是人为的规定吗？

每次子路带着这些问题去请教孔子，孔子只会跟他讲"什么才是真正的幸福"。

行善的回报难道就只有尽善后的自我满足吗？在老师面前时，子路觉得自己大致有些理解了，但独处时，他还是觉得有些地方难以释然。他无法接受这种勉强的"幸福"。如果行善之人没有得到真正的善报，那这实在太令人沮丧了。

子路怨恨上天给老师安排如此坎坷的命运，老师的大才和大德是世间不可多得的，为何却如此不幸？为何老师家门冷落，年老时还被迫流浪在外？一天夜里，子路听到孔子喃喃自语道："凤鸟不至，河不出图，吾以矣夫！"子路不禁热泪盈眶。孔子是为了天下苍生而叹，子路是为了孔子而流泪。

自从子路为孔子的命运流下眼泪的那一刻起，他便下定决心不让孔子在浑浊乱世中受到伤害。既然孔子在精神上指引他，作为回报，他甘愿将世俗的辛苦与侮辱统统揽下。虽然子路认为这有些僭越，但他把这当成自己的使命。或许自己在学识和才干方面不及后学的各位人才，但子路深信，一旦遭遇不测，自己一定会第一个冲上前，为夫子，他万死不辞。

八

"这里有一块美玉。我是该把它收进匣子里，还是该卖给识货的商人呢？"子贡说完这话，孔子立即回答说："卖掉它吧，卖掉它吧，我一直在等那个识货的人。"

孔子周游天下的原因正是如此。随行的弟子，大部分都希望得到赏识，但是子路却认为不一定要被人赏识。

子路已经体验过拥有权力的快感。但现实中，想获得这种快感，要满足一个特别的条件——孔子必须位居自己之上。如果这一点无法满足，那子路宁愿过着被褐怀玉的生活。

子路愿意一辈子侍奉孔子，且无怨无悔。子路并非没有世俗的虚荣心，只是在他看来，做个肤浅的官吏反倒会有损他磊落阔达的英名。

跟着孔子游历的人性格各异。比如做事干脆利落的实干家冉有，性格温厚的长者闵子骞，爱刨根问底、精通古代习俗的子夏，略有诡辩之风、懂得享受的宰予，铁骨铮铮、为人慷慨的公良孺，据说身长只有孔子一半高的耿直之人子羔等。不论从年龄还是威严来看，子路都是他们之中的领军人物。

子贡虽然比子路年轻二十多岁，却是个不可多得的人才。比起总被孔子夸赞的颜回，子路更愿意支持子贡。抛开强韧生命力与政治才能不说，颜回就像是年轻时的孔子，子路不太喜欢他。这绝不是嫉妒（子贡、子张等人见到孔子对颜回偏爱有加，便会不由得心生嫉妒）。子路与颜回的年龄相差太多了，但子路天性纯良，从来不会在意这些。只是子路并不完全认同颜回身上那种被动的欠缺灵活的才能。

颜回缺乏朝气，这让子路看不惯。子贡虽然有点轻薄，但他的才气与活力，子路很是欣赏。不只有子路对这个年轻人聪明的头脑感到震惊，大家都注意到子贡头脑灵活，但毕竟他还太年轻，为人处世尚有不足。子路也曾因子贡行事太过轻薄而呵斥过他，但从长远来说，子路认为子贡这个年轻人前途无量。

有一天，子贡对两个朋友说了类似于这样的话：人人都说夫子憎恶巧辩，但我觉得夫子自己最擅长巧辩，但有一点要说明，夫子的"巧"与宰予等人的"巧"完全不是一回事。因为宰予在辩论时浮夸地使用各种巧辞，听者虽然愉快激昂，却并不会相信，这样一来反倒安全。夫子就不一样了，他不注重辩论的流畅，而关心言语的厚重；他不用诙谐、戏谑的说法，而是用含蓄、富有哲理的比喻来论证，无论对手有多少人，夫子都能驳倒他们。当然，夫子所说的话，十分中有九分九厘都是颠扑不破的真理；夫子所做的事中，十分中有九分九厘都堪当典范。然而，就是那剩下的一厘——夫子那令人绝对信赖的话语中那仅有的百分之一——有可能会被夫子用来为自己的性格（其性格中一小部分与绝对且普遍的真理未必相同）作辩解，这一点一定要警惕。或许有人说，这是由于我与夫子太过亲密熟悉，所以才对他提出苛求。若后世之人崇敬夫子，把夫子当作圣人，也是理所当然的事情。我从没有见过像夫子这样完美的人，说不定将来也不会有这样的人。我只是想说，大家应该要提高警惕，连夫子都会有小小的不足，更别说我们了。像颜回那样与夫子意气相投的人，肯定一点都感受不到我所体会到的这种遗憾。夫子常常盛赞颜回，想必也是因为二人秉性相近吧……

学生也敢批评老师，真是不知天高地厚！子路听后怒上心头，他想，说到底，子贡说出这番话，是因为嫉妒颜回。即便如此，子路感到，子贡的话也不能完全不当回事，因为子路自己也确实想到颜回与老师意气相投了。

这个年轻人能够把我们都熟视无睹的东西清清楚楚地表达出来，也是不可多得的。对子贡轻蔑之余，子路又对他有种钦佩之情。

子贡曾经问过孔子一个奇怪的问题：

"死者有知乎？将无知乎？"

这句话是问人死后是否还有知觉，灵魂是否会灭亡。

孔子巧妙地回答他说："如果我说死者有知，恐怕孝顺的子孙在给死者办丧事时不顾活着的人；如果我说死者无知，恐怕不孝之子会抛弃父母不为他们送葬。"这一回答并不能说服子贡。孔子当然知道子贡问题的含义，可孔子是一个现实主义者，以现实生活为中心，他这么说是想让这个优秀的弟子转变他关注的方向。

子贡心有不满，便对子路说了这件事。子路对这一问题没有什么兴趣，比起灵魂如何，子路更想知道老师对死亡的看法。某天，子路前去向老师提问有关死亡的问题。

孔子回答："未知生，焉知死？"

正是此理！子路佩服得五体投地。但子贡怅然若失，他的表情明显像是在对子路说：

"这话对是对，可和我说的不是一回事啊。"

九

卫灵公是一个意志力相当薄弱的君主。虽然他还没有愚笨到分辨不出贤士与庸人，可他不愿听取逆耳的忠言，喜欢谄媚的奉承，所以，卫国的国政实际上是由他的后宫掌控。

传说卫灵公的夫人南子生活荒淫无度。南子还是宋国公主时，就与同父异母的兄长——名叫朝的著名美男子有染。嫁给卫灵公后，她还把朝带到卫国来，让他担任大夫，并继续和他保持着不光彩的关系。但南子又是一个很有才能的女子，她甚至懂得政事，因此不管南子说什么，卫灵公都言听计从。当时流传着一种说法，若有求于卫灵公，要先讨好南子。

孔子从鲁国来到卫国，曾受邀参见卫灵公，但孔子并没有特意向南子问好，对此，南子心有不悦，马上派人给孔子传话说，想要与寡君（卫灵公）为兄弟的君子，必定要来见寡小君（夫人）。寡小君愿请夫子来。

孔子只好去见她。南子在帷帐（质地轻薄的垂帘）后面接见了孔子。孔子面向北方，对南子行了稽首礼。南子回拜时，她身上的环佩发出清脆的响声。

孔子从宫殿回来后，子路毫不掩饰不悦之情。他从一开始就希望孔子回绝南子别有用意的邀请。一想到高洁清雅的夫子竟然向如此肮脏的女子低头，子路就十分不满，这就像爱好收藏美玉的人竭力避免珠玉表面映有不洁之物。看到机敏的实干家子路还这么孩子气，孔子有点哭笑不得。

有一天，卫灵公派了一个使者来见孔子。使者说，卫灵公想与孔子一同乘车巡游都城，同时畅谈一番。孔子换好衣服欣然出发了。

南子看到卫灵公把这个身材高大、为人冷淡的老家伙当作贤士来尊敬，感到很不高兴。她没想到卫灵公会撇下自己，与孔子二人同乘巡游。

孔子拜谒了卫灵公，当二人走出门正要乘车时，孔子才发现盛装的南子夫人已经坐在车中了。孔子无处可坐，十分不悦，冷漠地看着卫灵公会做何反应。卫灵公歉疚地低下了头，但他又不敢说南子，只得默默地指了指后边的车，示意孔子去坐那辆车。

就这样，两车一同环游都城。前面是一辆四轮的豪华马车，与卫灵公并坐的南子夫人风情万种，如牡丹花一般美艳动人。后面则是一辆寒酸的二轮牛车，神情落寞的孔子面朝前方正襟而坐。沿街的百姓见状，有人小声叹息，有人皱起了眉头。

人群中的子路也看到了这一幕。他回想起夫子接受使者邀请时欣喜的神情，心里气愤至极。卖弄风情的南子就要从子路眼前经过了，子路大喝一声，捏紧拳头正准备冲出人群，突然有人从背后拉住了他。子路挣开束缚，回过头怒目而视，原来是子若和子正两个人。子路见这两个人眼角含泪，拼命拉住自己的衣袖，只好把拳头放下了。

第二天，孔子等一行人就离开了卫国。"吾未见好德如好色者也。"这句话就是当时孔子所发出的感叹。

十

叶公子高十分喜爱龙。他居室的梁椽上雕刻着龙,帷帐上也绣着龙,他每天的生活起居都被群龙包围。真龙听说这事以后大喜过望,飞降他家,想要见一见这位热爱自己的叶公。

身形庞大的真龙头靠在窗边,尾巴伸到了大堂之中。叶公见状吓得慌忙逃走了。"失其魂魄,五色无主"说的就是他狼狈的模样。

当时各国诸侯欣赏的只是孔子贤者的名声,他们并不喜欢孔子本人。他们都像是好龙的叶公一般。对他们而言,真正的孔子也是个"庞然大物"。有的国家将孔子当作国宾极尽礼遇,也有国家起用了孔子的几位弟子,然而没有一个国家真正实行孔子的政策。

在匡国受到暴民的凌辱,在宋国遭到奸臣的迫害,在蒲国遇到恶徒的袭击。等待着孔子的是诸侯对他敬而远之,御用学者对他妒火中烧,政治家对他极力排斥……

即便如此,孔子并没有停止讲学,也没有怠于与他人切磋,孔子与他的弟子们依旧不知疲倦地周游列国。正如孔子说"鸟择木,无木择鸟",他有着高洁的志向,绝对不会玩世不恭,他所追求的只是被人赏识。得到赏识并不是为了自己,而是为了天下,为了道,孔子打从心底这么想,而且这种想法认真到令人难以置信的地步。他在贫穷落魄时也总是乐观积极，就算困苦不堪也不肯放弃希望。

　　就在孔子师徒一行受邀前往楚昭王领地时，陈、蔡两位大夫担心楚王会重用孔子，便密谋在半路阻止孔子。他们召集了一伙暴徒，在途中包围孔子等人。虽然孔子师徒不是第一次受到歹徒的袭击，却是第一次陷入如此困窘之局面。由于没有粮食，一行人一连七天未能生火做饭。众人又饥又疲，不断有人在恐慌中病倒，只有孔子一人依然精神饱满，一直在拨弦歌唱。

　　子路看到众人的疲态，神情严肃地走到孔子身边，问道："夫子此时唱歌，算是礼吗？"孔子没有回答他，也没有停下拨弄琴弦的手指。一曲终了，孔子才开口说："仲由啊，让我来告诉你吧。君子弹奏音乐是为了戒骄戒躁，而小人喜好音乐是为了不再胆怯。这个不理解我却还要跟着我的，是谁家的孩子呀？"

　　子路以为自己听错了，孔子在这种困境下竟然还为了戒骄戒躁而奏乐？但是很快他就体会到了孔子的一片用心，随即笑逐颜开，他也拿起兵器舞起来。孔子合着子路的舞步而弹奏，足足弹奏了三曲。一旁的众人也暂时忘却了饥饿与疲惫，兴致勃勃地欣赏这粗朴的即兴舞蹈。

　　受困于陈、蔡的诡计，子路见到眼下并不易脱困，于是问孔子："君子也会有穷困的时候吗？"他心想，要是按照老师一贯的说法来看，君子理应不会有走投无路之时。

孔子当即回答说："穷于道才叫作'穷'。如今我孔丘心怀仁义，虽然遭遇乱世，却哪里能算什么'穷'呢？如果食不果腹、精疲力竭就算是'穷'，君子也一定有穷迫之时。只不过，小人陷于'穷'时，就一定会在此作乱了。"

原来只有这一点不同啊，子路认为老师说的小人就是自己，不禁羞红了脸。老师知道"穷"是命中注定的，所以面临巨大的危难却没有露出一丝不安，老师实在太伟大、太勇敢了！子路情不自禁地感叹。过去子路引以为傲的勇敢是刀刃迎面不眨眼，如今想想，那是多么微不足道啊。

十一

在离开许国前往叶国的途中，子路落在了孔子等人的后面。他一人行走在田间小路上，遇到了一个身背竹篓的老人。子路冲着老人微微行礼后，张口就问："您见到夫子了吗？"

老人停下脚步，对子路说："你张口就是夫子夫子，老夫怎么知道你说的夫子是谁啊？"老人语气里充满了不耐烦，他仔细打量了眼前的子路，略带轻蔑地笑着说："从你这打扮来看，像是个四体不勤，五谷不分，不懂得脚踏实地，整日里就会研究空理论的人。"说完，老人头也不回地走进一旁的田地里，利落地锄起草来。

子路心想这老人一定是隐士，于是对着他鞠了一躬，站在道旁等待老人再次发话。老人沉默不语，走进田间耕作起来，耕作完毕后走到路上，见天色已晚了，就带子路去了自己家。老人杀鸡作黍款待了子路，随后又向子路引见了自己的两个儿子。

用过餐后，喝了少许浊酒的老人微醺，拿起身边的琴随手弹了起来。老人的两个儿子应声唱道：

湛湛露斯，匪阳不晞。

厌厌夜饮，不醉无归。

眼前这家人生活贫苦，却洋溢着和谐与满足。父子三人恬淡的神情上闪烁着智慧的光芒，让人印象深刻。

曲罢，老人对子路说："在陆地上出行要乘车，渡河时一定要坐船，自古以来就是如此。如今要是在陆地上划船会怎么样？在当今实行周室的礼法，正如要在陆地上划船一样。如果给猴子穿上周公的服饰，它肯定会感到惊恐，还会将衣服撕扯丢在地上……"从这番话中可以听出，老人早就知道子路是孔子的门徒。

老人又说："得志可不是加官晋爵，只有完全享受人生的乐趣才可以称得上得志。"想必这位老人的理想就是淡泊名利、与世无争吧。

子路不是第一次听到这种遁世哲学了。他遇到过长沮、桀溺二隐士，也与楚国的佯狂避世之人接舆打过交道，但并未像今天这样走进他们的生活中，与他们同屋共饮。听着老人沉稳淡然的话语，看着老人怡然自得的神态，子路不禁感到这的确是一种美好的生活方式，心中萌生了几分羡慕。

可这并不意味着子路只会一味赞同对方。

"与世隔绝虽然有很多乐趣，但是人之所以为人，并不只是为了追求乐趣。独善其身而放任大伦崩坏，这不是为人之道。我们早就知晓当今乱世失道，我们也知道在乱世讲道很危险。可是，越是在这种失道的时候，才越该要冒着危险讲'道'！"

第二天一早，子路辞别了老人一家，匆忙赶路。一路上，子路把孔子与昨夜那位老人比较了一番：对于乱世失道的现象，孔子明察秋毫，并不逊色于那位老人，孔子的欲望也并不比那位老人多，但孔子不愿只保全自身，而是为讲道周游天下。想到这里，子路突然对老人有点嫌弃之意。将近正午时，子路终于望见远处一片碧绿的麦田中有很多人影，当他在那一行人中认出孔子高大的身影时，突然感到了几分揪心的痛楚。

十二

在从宋国驶向陈国的渡船上，子贡与宰予围绕老师说过的

"十室之邑，必有忠信如丘者焉，不如丘之好学也"进行了一番辩论。

子贡认为，话虽如此，但孔子的伟大成就源于先天非凡的素质。

宰予反驳道："不，老师是为了成就自我，在后天付出了巨大努力。"

根据宰予的观点，孔子与弟子们的能力之间存在的是量的差异，绝非质的差异。孔子有的，世人都有。只是因为孔子从不间断刻苦钻研，才有了如今的伟大成就。

子贡又说："量的差异过于巨大时，也就无异于质的差异了。为了成就自己，如此持久而艰巨地付出努力，这本身不就证明了夫子生来就非凡超群吗？至于夫子天生的才能是什么，那就是他追求中庸的过人本能。就是说，夫子无论在何时何地都能完美地进退。"

真是不知所谓！在一旁的子路一脸不满，他心想，这群家伙肚子里根本没有真才实学，只会耍嘴皮子。这会儿要是船翻了，他们肯定吓得脸色煞白吧。说到底，一旦出事了，真正能帮到夫子的也只有我一人。看着眼前这两个能言善辩的年轻人，子路想到"巧言乱德"这句话，不禁为自己一片冰心而自得。

不过，子路对老师也不是一点不满都没有。

陈灵公与臣子的妻子通奸，还将那女子的贴身衣物带上朝向群臣炫耀，一个叫泄治的大臣上谏，却惨遭杀害。有一位弟子拿这件发生在一百年前的事情向孔子询问："泄治进谏却被杀，和古时候因进谏而死的名臣比干一样可以被称为仁吧？"

"不，比干与商纣王是血缘之亲，从官位上来看，他位居少师，他舍身诤谏是期待自己的死能换回纣王悔悟，这可以称为仁。但泄治与陈灵公没有骨肉之亲，而且他只不过是一位大夫。如果他知道君不正则国不正的道理，就该全身而退，但他却不知天高地厚，想以自己渺小的身躯来匡正一国的荒淫，白白葬送自己的性命，这算不上仁。"那位弟子听完老师的话，解开了疑惑便退下了。

在一旁的子路却怎么也不能认同老师的话，他脱口而出："仁与不仁暂且不说，泄治不顾自身安危而匡正一国之乱，这伟大的做法难道不是已经超越了智慧吗？即便结果是不好的，又怎么能断言说他白白葬送性命呢？"

"仲由啊，你眼中只有小义的伟大，却不懂得更重要的道理，你不懂古代贤明志士的进退之道——国有道方可尽忠，国无道便退而避之。诗曰，'民之多僻，无自立辟'。泄治就是错在这一点上的。"

子路思考了很久后说道："那么说，世界上最重要的事难道就是保全自己的安全，而不是舍生取义？难道一个人的出入进退比天下苍生的安危还重要吗？如果泄治看到眼前伦理败坏却只是蹙眉，然后全身而退，那么他或许能够保全自身，但对于陈国的国民来说，这行为又算是什么？尽管他知道没用，但还是冒死进谏，这一行为给国民风气带来了深远的影响，不是吗？"

"我没有说保证自身安全就是最重要的事，否则我就不会对比干加以褒扬了。只不过，为了道而舍弃生命也要看准时机和地点，虽说不能为了私利，但要智慧地分辨情况，白白送命并不算有才能。"

子路觉得这话好像有道理，但还是难以释然。老师说过杀身成仁，有时却又表现出了以"明哲保身"为最明智的倾向，他常常从老师的讲述中发现这样的矛盾。他十分在意这一点。其他弟子并没有这样的感受，因为他们身上本就有明哲保身的本能。仁也好，义也好，都是以明哲保身为根基的，如果没有这个根基，这些弟子一定会感到十分惶恐。

子路带着不解的表情告退了，孔子一边目送他的背影，一边愀然语道："邦有道如矢，邦无道如矢。子路与卫国大夫史鱼性情一样，恐怕最终也死得不寻常吧。"

楚国在讨伐吴国时，一个任工尹的商阳追击撤退的吴国大军，同行的陈弃疾对他说："这是国家大事，你要亲手执弓啊。"于是，商阳便拿起了弓箭。

陈弃疾又劝说："快点射向敌军！"听了这话后，商阳拉弓射死了一个楚兵,但马上又把弓箭收起来了。在陈弃疾的再三催促下,他只好又拿出弓箭,射死了两个人。他每射死一个人时,都得用袖子挡上眼睛。

在射死了三个人之后,商阳说:"以我如今的身份,杀了这么多人已经足以回去交差了。"说完就掉头而去。

这个故事传到孔子那里,孔子钦佩不已道:"杀人的时候还不忘记礼啊。"

子路也听说了这个故事,他却认为这没什么了不起的。尤其是那"以我如今的身份,杀死三人足够了"正是让他极为厌恶的观点——将自身行动看得比国家安危还重,因此他十分生气。

于是,子路愤愤然质问孔子说:"为人臣子,当面临国君的大事时,应当尽一己之力,死而后已。夫子为什么说他做得好呢?"

孔子也不置可否,最终笑着回答说:"的确如你所说。我只是看到他有一颗不忍杀人的心罢了。"

十三

孔子四次出入卫国,滞留陈国三年,数年间周游曹、宋、蔡、叶、楚等国,子路一直跟在他身边。

如今，更加不要奢望有诸侯愿意实行孔子宣扬的仁爱之道了，而此时的子路已经不再为此焦虑了。最初，由于世道浑浊、诸侯无能，以及孔子的怀才不遇，子路愤懑、焦躁，持续了数年之久。事到如今，他变得漠然了，似乎已经看透了孔子及包括自己在内的众多弟子的命运，但是他并没有消极地把一切归咎为命运。就算是命中注定，他也感悟到了自己的使命——不必拘泥于一个小国，不必局限于一个时代，要为天下万代做一个醒世的木铎。

在匡国被暴民围攻时，孔子昂然说："天之未丧斯文也，匡人其如予何？"如今子路真正理解了这句话，他领悟到了老师的大智慧：无论在什么时候都不绝望，绝不轻视现实，在有限的现实中做到最好。他还明白了老师的所作所为不仅是为了当世，更大的意义在于为后世之人树立典范。

才智超群又聪明机灵的子贡很难理解孔子这超越时代的使命，而朴实正直的子路，或许是出于对老师极其纯粹的敬爱，反倒理解了孔子伟大的人格和存在的价值。

经历了多年的漂泊，子路已经五十岁了，他的棱角虽然没有完全被磨平，但他身上多了几分厚重感。他早已不是昔日自负的寒酸游侠，如今他目光炯炯有神，已经具备了"万钟于我何加焉"的气骨，呈现出堂堂大家的风范。

十四

孔子第四次访问卫国时,在年轻的卫国国君与上卿孔叔圉等人的请求下,孔子推举子路出仕卫国。十余年之后,孔子应故国之聘离开卫国,子路与孔子分别,留在了卫国。

十年来,在淫乱的南子夫人的控制下,卫国始终纷争不断。公叔戍最先排斥南子,结果被谗言所害,被迫亡命鲁国。接着,卫灵公的儿子——太子蒯聩想要刺杀南子,没能得手,逃往晋国。卫灵公驾崩时,太子之位还空缺着,不得已只好由太子蒯聩的儿子——年幼的辄即位。辄就是后来的卫出公。

出逃的前太子蒯聩借助晋国的力量偷偷潜入了卫国西部,他对卫国国君之位虎视眈眈。如今阻止蒯聩的是他的儿子,而他则是个想要篡夺王位的父亲。子路当时所效忠的卫国就处在这样的状态中。

身为邑宰,子路为孔氏管理蒲地。卫国的孔家是一代名门,其地位相当于鲁国的季孙氏,身为一族之主的孔叔圉早在很久前就是声誉很高的大夫。蒲地是公叔戍的领地,他被南子的谗言所害,流亡在外,所以蒲地的人民一直对卫国国君持抵抗态度。这里的民风原本就剽悍,子路跟随孔子经过这里时,就曾在这里遭到过暴民的攻击。出发前,子路去拜访了孔子,将蒲地的来龙去脉告诉孔子,并向他讨教说:"邑地有很多暴民,恐怕很难治理。"孔子回答:"谦恭谨敬就可以慑服勇士,宽厚正直便可以让强者归顺,慈爱仁恕则可以容纳困苦的人,温和果断即可以抑制奸邪。"

子路再三拜谢后,欣然赴任。

一到蒲地,子路就把当地有势力的抵抗者叫来,开诚布公地与他们交涉。子路并没有打算驯服他们。他记得孔子常说不可不教而诛,所以,他先对那些人表明了自己的立场。子路的耿直率真似乎与荒蛮蒲地的民众意气相投,一众壮士纷纷对子路的明快阔达感到钦佩。

那时,子路作为孔子门下首屈一指的爽快男儿誉满天下。孔子曾称赞子路能用几句简单的话判决讼事,这个评价被人们夸大后传颂得家喻户晓。这些高度评价也是让蒲地的壮士们对子路心服口服的原因之一。

三年后,孔子再次经过蒲地。刚走进领地时,孔子就说:"做得好啊,仲由,你做到了恭敬且诚信。"

又走了一段,进入城邑时,他说:"做得好啊,仲由,的确是忠信而宽厚。"

后来孔子抵达子路的府邸,进门时说:"做得好啊,仲由,行事可谓明察秋毫、雷厉风行。"

手执鞍辔的子贡问孔子,为什么还没见到子路就对他褒奖不断?

孔子回答说:"我们刚走进领地时,看到田间作物长势很好,开垦了大片荒地,沟渠挖得又深又齐。治理者恭敬诚信,民众才会尽力耕作啊。走进城邑时,看到民众家里的墙屋完备,树木生长茂盛,只有治理者忠信宽厚,人民才安居乐业啊。最后,来到仲由的庭院,看到这里十分清闲,侍从们十分听话,治理者明察秋毫、雷厉风行,才能管理得有条不紊啊。虽然我现在还没有见到仲由,但我已经从这些事情中了解到他的政绩。"

十五

鲁哀公在大野猎到麒麟时,子路正好有事从卫国回了鲁国。彼时,小邾国中一个名叫射的大夫叛国后逃到了鲁国。这个与子路有过一面之缘的射说:"使季路要我,吾无盟也。"

按照当时的惯例,流亡到其他国家的人只有得到该国家的盟誓认可才能够留下来,但是这个小邾国的大夫却说,"要是能得到子路的担保,鲁国的盟誓不要也罢"。

子路诚信正直,履行承诺时从不拖延,世间无人不知,然而子路却回绝了这个请求。

有人对子路说:"射连千乘之国的盟誓都信不过,唯独相信你一个人的话。堂堂男儿的夙愿不过如此,你答应他又有什么不光彩的呢?"

子路回答说："如果鲁国与小邾国出现纷争，就算要我战死在小邾国的城下，我也义无反顾、欣然应允。但他是个卖国之臣，我要是为他作了担保，那就意味着我认可了一个卖国贼。想都不用想，我不能做这种事。"

了解子路的人听说这件事情的时候，都不禁微笑起来。好像是在说，这就是子路的行事风格。

在同一年，齐国的陈恒刺杀了国君。孔子斋戒三日后来到鲁哀公面前，再三请求鲁哀公为了正义讨伐齐国。鲁哀公惧怕强大的齐国，没有答应，他对孔子说："你把这件事告诉季孙氏，你们来商议此事吧。"鲁哀公之所以这么说，是因为他知道季孙氏肯定不会赞成的。

孔子退下之后，对人说："尽管官位排后，但我也是大夫中的一员，所以我一定要说。"虽然孔子知道说了也没用，可因为自己的身份，还是决定去告诉季孙氏（当时的孔子享受的是鲁国国老的待遇）。

子路脸上有一些不悦，他想，夫子做的不就是表面功夫吗？难道夫子的"义愤"就只是走走形式，不落实也没关系吗？

子路接受孔子的教育近四十年了，但内心这道沟壑却始终难以填平。

十六

子路在鲁国期间,卫国政界的风云人物孔叔圉去世了。孔叔圉的妻子,即流亡的前太子蒯聩的姐姐——女谋士伯姬走上了政治舞台。虽然孔叔圉的儿子孔悝子承父业,但也只是徒有其名罢了。对伯姬来说,现在的国君是她的侄子,她的弟弟——前太子蒯聩在觊觎王位,虽然两边都是亲人,但是由于爱恨纠缠,利益欲望错综复杂,伯姬站在弟弟这一边,为他出谋划策。丈夫孔叔圉死后,伯姬让一位颇受她宠爱的美少年浑良夫当使者,往返于她与弟弟间,密谋驱逐现在的国君。

子路再次回到卫国的时候,卫王父子间的纷争已经进一步激化,他感到政动氛围越来越浓。

周昭王四十年闰十二月的一天,接近傍晚时分,有一个使者急匆匆地来到了子路家中。这是孔家长老栾宁派来的使者,他给子路传话说:"前太子蒯聩今天已经潜入了卫国都城中,他与伯姬、浑良夫挟持孔家族长孔悝并逼迫其拥戴蒯聩为王。我(栾宁)现在侍奉卫国国君逃往鲁国,之后的事就交给你了。"

子路心想,该来的还是来了,孔悝是子路的直接上级,听到了孔悝被胁迫的消息,他怎么能无动于衷呢?子路取了兵器,就匆匆向宫殿出发了。

他刚走进外面的大门,撞到了一个正从门里跑出来的矮个子男人。这个男人名叫子羔,是孔家的后生,在子路的推荐下当了卫国的大夫。子羔为人正直,可是胆很小。

子羔对子路说:"内门已经关上了。"

子路回答说:"不,就算这样,也要去闯一闯。"

"可是来不及了,恐怕他已经遭遇不测了。"子羔说。

子路咆哮着说:"你难道不是正领着孔家的俸禄吗?为什么还要逃避这个难关?"

子路挣开子羔走到内门处,果然,那里大门紧闭。他咚咚地使劲砸门,门内有人喊道:"你不能进来!"

子路听到这声音怒不可遏,他吼道:"说话的可是公孙敢?我子路可不会为避难而变节!我既然领着俸禄,就要救大人于危难!开门!快开门!"

这时门内有一使者出来,子路看准时机冲进门去。

子路一看,院中已经聚集了一群臣子,他们都是听到孔悝要拥立新国君的消息后,被急匆匆地召集过来的。他们每个人脸上都是一副惊愕与困惑的表情,看起来正在犹豫不决。年轻的孔悝面朝庭院,站在露台上,他被母亲伯姬和舅舅蒯聩挟持,即将要对群臣发布政变的宣言,面上是被逼迫的神情。

子路站在众臣后面,向着露台大声喊叫道:"你们抓孔悝做什么?放开孔悝!就算你们杀了孔悝一人,坚守正义的人也不会就此退缩的!"

眼下子路只想救出自己的主人。话音刚落,熙熙攘攘的庭院里顿时鸦雀无声,子路知道所有人都不约而同地看着自己,现在是时候开始煽动群臣了。

"我听说太子是个胆小之人,只要从下面放火烧了露台,孔悝一定就能够得救了。快放火吧!速速放火!"

已经到了黄昏时分,庭中一角正燃着篝火。子路指着那篝火,大声叫着:"放火啊!快放火啊!感恩于先代孔叔文子(孔叔圉)的人,快快取来火种,放火烧了露台!如此才能救孔叔!"

站在台上的篡位者大惊,命令石乞、盂黡两位剑士去刺杀子路。

子路与两人展开激烈交战。虽然子路依旧武勇,但毕竟上了年纪,不一会儿就精疲力竭,上气不接下气。群臣见子路没有胜算,终于明确了自己的立场。于是,辱骂声向子路袭来,数不清的石头和棒子纷纷砸向子路。激战中,敌人的戟从子路的脸颊上划过,子路冠下的丝缨被划断,帽子从头上滑落。就在子路用左手扶正帽子时,敌人用剑刺穿了子路的肩膀,顿时鲜血迸流,子路应声倒地,帽子也掉落在地。尽管倒在了地上,子路却还是伸手拾起帽子,端正地戴在头上,迅速系好了丝缨。面对敌人的利刃,倒在血泊里的子路用尽全身的力气,大声叫道:

"看吧!君子死而冠不免!"

子路死了,他的尸体被剁成了肉酱。

远在鲁国的孔子在听闻这场政变之初，说道："子羔回得来，仲由恐怕回不来了，仲由会送命的。"而当他得知一切果真被自己言中的时候，这位年迈的圣人闭目伫立了好一会儿后潸然泪下。当孔子听说子路的尸体被撒上了盐做成肉酱，他就让人把家里所有用盐腌制的东西都丢弃掉。从此以后，孔子的餐桌上再也没出现过肉酱。

鲁国的叔孙豹在年轻的时候，曾为了躲避战乱而逃往齐国。途中，他在鲁国北部一个叫庚宗[1]的地方邂逅了一名美丽女子，两人迅速坠入爱河，共度良宵。第二天一早叔孙豹便与那位女子分别，去了齐国。在齐国安定下来后，叔孙豹迎娶了齐国大夫国氏的女儿，后来生了两个儿子，而庚宗路边的一夜情已被他忘得一干二净。

一天夜里，叔孙豹做了一个梦。四周的空气沉闷压抑，寂静的房间中笼罩着一股不祥的预感。突然间，房顶无声地向下压来，尽管速度极为缓慢，但它的的确确在一点点向下降。每过一秒，房间内就变得更为逼仄，他越来越难以呼吸。他想逃走，但是身体仰躺在床上怎么也动不了。虽然他看不见，但是却无比清晰地感受到在房顶上方，黑色的天空像沉重的巨石一样向下压来。房顶越来越低，难以忍受的沉重感直抵胸口，叔孙豹一侧脸，竟看见有一个男人站在自己床边。那人佝偻着身躯，皮肤黝黑，眼窝深深凹陷，嘴巴像野兽一样凸出，整个人看上去就如一头黑色的牛。

"牛！快救救我！"叔孙豹不由得发出求救的声音，于是，

---

[1] 地名，在今山东泗水县东。

那黑肤的男人伸出手来，撑住了压将下来的屋顶。随后，那人用另外一只手轻轻抚了抚叔孙豹的胸口，叔孙豹就立刻感到刚才的那股压迫感突然就消失不见了。

"啊，舒服多了。"刚说完这句话，叔孙豹就从梦中醒过来了。

第二天一早，他把手下的随从、仆人都召集在一起，将他们看了一个遍，但没有人长得像梦中的人。之后，他有意无意地观察出入齐国都城的人，也未发现有人与梦里的牛人长相相似。

几年后，故国鲁国再度发生政变，叔孙豹把家人留在齐国，急匆匆地回鲁国去了。后来，他在鲁国朝中担任大夫一职，本想把妻儿都接到鲁国来，但他的妻子已经与齐国一位大夫在一起，无意回到曾经的丈夫叔孙豹身边来。只有两个儿子孟丙、仲壬来到了父亲身边。

有一天早上，一个女人带着鸡来拜访叔孙豹。叔孙豹完全不记得这人是谁，但随着她的讲述，叔孙豹才回忆起，那是十多年前逃往齐国时，在庚宗遇到的那个与自己共度良宵的女子。叔孙豹问她，是自己一个人来的吗？女人说她是带着儿子一起来的，而且这孩子正是叔孙豹的骨肉。

女人把孩子领上前来，叔孙豹惊讶地发出"啊"的一声。这孩子皮肤黝黑，双目凹陷，身材佝偻，长相和梦中救过自己一命的牛人如出一辙。

牛人

叔孙豹脱口而出叫了一声"牛",黑肤少年露出惊讶万分的表情,应了一声"哎"。叔孙豹更加震惊了,他问少年叫什么,少年回答说:"我就叫牛。"

叔孙豹安顿好母子两人,将少年纳做家臣,因未成年的家臣称为"竖"(侍童),所以在很长的一段时间里,这个长得像牛的少年就被叫作"竖牛"。这少年有着与外貌不符的聪明才智,为叔孙豹立了不少功劳,但他始终一脸抑郁,也从来不与其他少年一同嬉戏。除一家之长叔孙豹外,他也从来没对别人露出过笑容。叔孙豹十分疼爱他,在他成年后,让他负责管理叔孙家的家族事务。

这个眼窝凹陷、嘴巴突出、面部黢黑的少年偶尔一笑,就让人觉得十分有趣、可爱。"这个长相奇特的家伙不会有什么坏心思。"——他给别人留下的印象就是如此,他在长辈们面前表现出来的就是这副面孔。

可是,当他表情紧绷、沉浸于思考中时,那张脸就会呈现出野兽般怪异、凶狠的模样,让同辈们有些惧怕。很自然地,在不同场合中,他有了两副不同的面孔。

尽管叔孙豹对竖牛给予了无限的信任,但是叔孙豹并没有想过要将他立为后继者。虽然竖牛对自己没有隐瞒,管理事务的能力也无人能敌,但是要作为鲁国名门望族的族长,他的外表难免不尽如人意。

当然，竖牛对这一点也心知肚明。他对叔孙豹的儿子们，尤其是从齐国接来的孟丙、仲壬两人，态度总是十分殷勤。而孟丙等人只觉得竖牛长相怪诞，对他带有轻蔑之情。他们之所以没有因为父亲对竖牛宠爱有加而感到嫉妒，是由于他们自信地认为彼此的资质存在巨大差异。

鲁襄公死后，年轻的鲁昭公即位。叔孙豹的身体从那时起开始走下坡路。叔孙豹从丘莸狩猎归来后，因发烧而卧病在床，不料竟一病不起了。从病榻前的侍候，再到传达叔孙豹在病床上的命令，一切都由竖牛一人负责，而且，竖牛对孟丙等人的态度始终谦逊如一。

叔孙豹病倒前，出于对嫡长子孟丙的关切，命人铸造了一口钟，对他说："你（孟丙）现在尚未与国中的各位大夫交好，等这钟铸成了，你就可以以庆贺之名宴请各位大夫了。"这话表明是要立孟丙为继承人。叔孙豹卧病在床后，大钟才铸造完成。孟丙委托竖牛带话给父亲，想问问父亲此前说过的宴会在什么时候举办。因为除特殊情况外，只有竖牛一个人能进入叔孙豹的卧室。竖牛嘴上接受了孟丙的嘱托，走进了病房，但并未把此事告诉叔孙豹，接着，他走出病房对孟丙胡乱说了一个日期，并告诉他这就是父亲的意思。

到了竖牛说的日子，孟丙隆重地招待了各位宾客，还在席间敲击了新铸成的大钟。病房中的叔孙豹听到了钟声备感不解，于

是,他问竖牛:

"外面是什么声音?"

"孟丙为了庆祝大钟铸成,在家大办宴席,还来了很多宾客。"竖牛回答道。

病人听了之后脸色大变,说:"岂有此理!他竟然不曾请示我,就擅自以继承人的身份自居!"

"而且,"竖牛补充道,"我看见,宾客中还有孟丙殿下在齐国的母亲的亲戚。"竖牛清楚地知道,提起曾经背叛叔孙豹的前妻,会越发引起他的不悦。

病人怒不可遏地想要坐起身,却被竖牛拦下了:"您可不要气坏了身子。"

"他认定了我会死在这病上,所以才这样自作主张、大逆不道!"叔孙豹咬牙切齿地说,接着他又命令竖牛,"好,竖牛,你去把他抓起来关进大牢。要是他敢反抗,杀了他也无妨。"

宴会结束后,叔孙家的年轻继承人还在愉快地送别各位宾客,第二天一早,却成了一具弃置在房后树林的尸体。

孟丙的弟弟仲壬与鲁昭公身边的一位御士关系亲密。有一天,仲壬去宫中拜访这位朋友时,偶然遇到了鲁昭公。两人你一言我一语地交谈起来,鲁昭公见仲壬流利地回答了自己的问题,十分赏识他,于是,鲁昭公亲切地赐给了他一枚玉环。

仲壬是个成熟懂事的青年，他认为不告诉父母就佩戴这枚玉环实在不妥，因此，仲壬就拜托竖牛将这件好事禀告给父亲，并让竖牛把这枚玉环拿给父亲看一看。

竖牛接过玉环走进屋内，但他不仅没有向叔孙豹展示玉环，连仲壬前来禀告这件事也没有提。竖牛从房间里走出来，说："父亲十分高兴，他让你现在就把玉环戴在身上。"仲壬便戴上了那枚玉环。

几天之后，竖牛劝叔孙豹说："孟丙已经死了，该立仲壬为继承人了，您现在就让他去见见主君昭公吧。"

叔孙豹说："不行，我还没有决定让他来继承，现在还没有必要见国君。"

"可是，"竖牛又说，"您的那位儿子可能并不在意您的想法，已经擅作主张直接面见国君了。"

"这不可能。"叔孙豹说。

"话虽如此，可是最近仲壬身上的的确确佩戴着国君赏赐的玉环呢！"竖牛信誓旦旦地说道。

"立刻把仲壬喊来！"

仲壬到了之后，叔孙豹见他身上果真佩戴着一枚玉环。仲壬还说，他天天戴着国君赏赐的玉环。

这位父亲丝毫不肯听儿子的解释，支起病重的身体大发雷霆，还命令道："赶紧退下，回去闭门思过！"

那天夜里，仲壬偷偷跑到了齐国。

叔孙豹想，眼看病情日渐恶化，当务之急是要认真考虑继承人的问题，还是要把仲壬叫回来。于是，他吩咐竖牛去办这件事。竖牛领命出门，当然，他并没有派遣使者去齐国接仲壬。他对叔孙豹复命说："接到命令后，我立即派了使者去找仲壬，但是他让使者带话说，父亲无道，他再也不会回来了。"

此时，凭着对两位儿子的了解，叔孙豹对自己身边这位近臣起了疑心，他逼问竖牛道：

"你说的是真的吗？"

"我为什么要骗您呢？"竖牛回答。

叔孙豹看到竖牛的嘴角露出了一抹嘲弄的笑，自从竖牛进家门以来，这还是第一次。叔孙豹想要坐起来，但他没有一点儿力气，很快又倒下了。这一次，竖牛那张黝黑的、像牛一般的脸露出毫不掩饰的蔑视，冷漠地俯视着叔孙豹，露出了那副只有在平辈和部下面前才会展示出来的凶狠的面孔。

尽管叔孙豹想要叫来家人和近臣，但是长期以来只有竖牛在自己身边，其他人进入房间必须要通过竖牛。那天夜里，这个病重的大夫回想起被杀害的孟丙，懊悔地哭个不停。

第二天起，竖牛开始了残忍的报复。之前，他对外称叔孙豹不愿意接触其他人，餐食都是由后厨的人送到次室，再由竖牛端到叔孙豹的枕边。如今,竖牛不再给叔孙豹送餐了。竖牛每次把端来的餐食吃得一干二净,然后把空盘子端出去,后厨的人都以为叔孙豹吃过了。就算叔孙豹喊饿,竖牛也只是一言不发地对他冷笑,他甚至都不会回应叔孙豹。即使叔孙豹想寻求他人的帮助,可他没有任何办法。

偶然有一天,叔孙豹家的家宰杜泄前来看望病中的叔孙豹。叔孙豹向杜泄控诉竖牛的行径,但杜泄知道叔孙豹一直以来都十分信任竖牛,所以他以为这只是叔孙豹在开玩笑,一点儿也没有当真。叔孙豹再一次情真意切地哀诉,杜泄一脸困惑,心想:莫非病人因为发热而神志错乱了?竖牛也站在一旁冲杜泄使眼色,脸上的神情似乎在说,他也拿这位神志不清的病人没有办法。

最后,叔孙豹焦躁不已,泪流满面,用枯瘦的手指着一旁的剑,对杜泄大叫道:"用这把剑杀了这个男人!杀了他!快!"叔孙豹发现,无论自己做什么,对方都只会当自己失心疯。他大声号泣起来,老弱的身体不住地颤抖。

杜泄与竖牛四目相对,眉头紧锁,便悄悄地离开了房间。客人刚一走,牛人的脸上就露出了意味深长的微笑。

叔孙豹在饥饿与疲惫中哭泣。不知什么时候,他做了一个模模糊糊的梦。不对,他并没有睡着,或许这只是一场幻觉。

房间里充满了沉闷与不祥的气氛,只有一盏灯火在无声无息地燃烧,发出了并不明亮、惹人生厌的白光。那光亮距离自己好像有十里、二十里那么远,叔孙豹一直盯着它。不知何时起,头顶上方的房顶开始缓慢地下落,虽然速度很慢,但是叔孙豹真真切切感觉到自己上方的压力正在增加。他想逃走,但是一动也不能动,往旁边一看,发现身边站着一个面色黢黑的牛人。尽管叔孙豹奋力呼救,但这次,牛人却没有伸手帮他,而是站在一边狡诈地笑。病人再一次绝望地哀求,牛人突然板起了脸,一副生气的表情,眉毛一动不动,眼睛直直俯看着他。那从上方传来的黑色的沉重压力直逼向胸口,就在他发出最后的悲鸣的一刹那,梦醒了……

似乎已经入夜了,昏暗房间中只有角落燃着一盏灯,发出惨白的光。刚才梦中看到的或许正是这一盏灯吧。抬头看向一旁,竖牛——就像刚才梦中那样——表情十分冷漠,静静地俯视着他。叔孙豹觉得面前这张脸已经不再是人脸,而像是一种生于黑暗原始混沌中的怪物的脸。叔孙豹感到彻骨的寒冷,并不是由于害怕这个想要杀掉自己的男人,而是对身边这个人的恶意的恐惧。之前的愤怒已经完全被对宿命的敬畏取代,如今,叔孙豹已无抗争的气力。

三天后,声名在外的鲁国大夫——叔孙豹饿死了。

盈虛

卫灵公三十九年秋，太子蒯聩奉父王的命令出使齐国。途经宋国时，太子听到在田地里耕作的农夫们唱着奇怪的歌：

既定尔娄猪，
盍归吾艾豭。

意思是，既然母猪已经得到满足了，快快把公猪还回来吧。

卫国太子脸色大变，因为他一听就明白了为什么农夫们会唱这样的歌。

父王卫灵公的夫人（并不是太子的生母）南子本是宋国来的公主，她不仅姿色过人，而且才能出众，所以深得卫灵公的宠爱。这位南子夫人最近在劝说卫灵公，让他把宋国的公子朝接到卫国任大夫一职。公子朝是宋国有名的美男子，除了卫灵公，所有人都知道南子在嫁到卫国前与公子朝有染。这两个人如今竟然要在卫国的王宫里再续前缘，毫无疑问，宋国的农夫们唱的"公猪母猪"正是指南子与公子朝。

太子从齐国回到卫国后，叫来了近臣戏阳速共商大计。第二天，太子与南子夫人请安的时候，戏阳速已带好匕首藏在房间一角的幕帘背后。太子一边若无其事地与南子说话,一边冲着幕帘使眼色。可能是因为害怕,刺客迟迟没有出来。尽管太子数次发出信号,但只见黑色的幕帘左右摇摆不停。南子夫人察觉到了太子的异常举动,顺着太子的视线望去,发现有可疑人躲在房间角落,又惊又怕,大声叫喊着跑到里间去了。

南子的叫声惊动了卫灵公,卫灵公前去一看究竟。他握起夫人的手,让她安定下来,可夫人好像疯了一样,不住地大喊:"太子要杀臣妾!太子要杀臣妾!"卫灵公立刻派兵去抓捕太子,但太子和刺客早已远远地逃出了都城。

太子蒯聩先是逃到了宋国,后来又逃往了晋国。他对所有人说:"这次替天行道、刺杀淫妇的义举之所以失败,是遭到了胆小鼠辈的背叛。"

这话也传到了从卫国出逃的戏阳速耳中,他说:"一派胡言,明明是太子背叛我才对。太子威胁我,让我去杀他的后母。我要是敢不从,他一定会杀了我。况且,如果这次真的刺杀了夫人,恐怕太子又会把所有罪过都推给我。我答应太子却没有动手,是因为我深谋远虑。"

当时,晋国上下由于范氏和中行氏作乱,政局不容乐观。而且叛乱者们有齐、卫等国撑腰,想要平定叛乱不是一件容易的事情。

逃到晋国的太子蒯聩投靠了晋国的中流砥柱——赵简子。赵氏厚待蒯聩,因为他想拥立蒯聩为卫国国君,给与晋国叛乱者同流合污的卫灵公重重一击。

虽说是厚待,但是蒯聩现在的地位毕竟不能与在卫国时相比。卫国有着一望无际的平原,景色与群山连绵的晋国全然不同,孤寂的太子蒯聩在此待了三年。故国传来卫灵公逝世的消息,卫国如今没有太子,不得已要立蒯聩的儿子辄为国君。辄是当年蒯聩出逃时留在卫国的儿子。蒯聩原本以为国君一定是从与他同父异母的弟弟中选出,所以此时他心情有些复杂。"竟然要立那个孩子为国君!"他回想起三年前儿子那副天真烂漫的样子,觉得十分可笑。他不禁想到,就算自己此时立刻回到故国即位,也不会有什么闪失。

这位亡命在外的太子在赵简子军队的簇拥下意气风发地横渡黄河,眼看就要到卫国了,可抵达戚地时却遭到了卫军的拒绝。卫国的国君反对他进城,再向东走已是寸步难行了。这件意外的事情使他怒气冲冲,但他想不出办法,只得驻扎在戚地,伺机而动。事情的发展与最初的设想相反,蒯聩这一等就是整整十三年。

蒯聩心想,事到如今,昔日疼爱无比的儿子辄已经不复存在了,有的只是一个夺走自己王位的年幼国君,他贪婪无比,面目可憎,拒绝自己的父亲归国。而那些受过他关照的大夫们没有一个人来问候他,在年轻傲慢的卫侯和装腔作势、老奸巨猾的辅政的上卿孔叔圉（他曾经的姐夫）的统治之下，那些人好像都不知道有蒯聩这个人，优哉游哉地做着官。

十多年来，蒯聩日夜看黄河水奔涌消磨时光，这个曾经不可一世、任性妄为的年轻贵公子，已经在不知不觉间变成一个刁钻刻薄、偏执古怪的中年人。

在凄凉的生活中，蒯聩唯一的慰藉就是他的儿子公子疾。公子疾是如今卫国国君辄同父异母的弟弟，蒯聩到达戚地后，公子疾立刻与母亲一道来到戚地，与父亲一起生活。蒯聩下定决心，今后一旦得志，定要立这个孩子为太子。失意之余，蒯聩把注意力转移到了新的志趣上——斗鸡。除了满足侥幸和残暴心理，他还被雄鸡那威风凛凛的姿态深深吸引。于是，尽管生活不算富裕，蒯聩还是花了一大笔费用建造鸡舍，豢养健美善战的斗鸡。

孔叔圉死后，他的遗孀，也就是蒯聩的姐姐伯姬，拥立儿子孔悝为手无实权的族长，却把实权握在自己手里。对于亡命太子蒯聩来说，这些都是好消息。伯姬的情夫浑良夫作为使者频频往返于都城与戚地。太子对浑良夫承诺道："我一旦得志，就任命你为大夫，还给你三次免除死罪的机会。"他把浑良夫当作自己的臂膀，紧锣密鼓地谋划策反。

周敬王四十年闰十二月的一天，浑良夫接应蒯聩进入都城。日暮时分，蒯聩男扮女装潜进孔府，与姐姐伯姬和浑良夫一同胁

盈虚

迫任卫国上卿的孔家族长、自己的外甥孔悝加入政变。而对伯姬来说,她胁迫的是自己的儿子。

年轻的辄闻讯后迅速逃离了卫国,国君之位由蒯聩取代,他就是后来的卫庄公。这时,距当初因刺杀南子失败而离开卫国已经有十七个年头了。

卫庄公即位后,既没有调整外交策略,也没有振兴国内发展,而是一味补偿自己内心的空虚,或者说他开始了对昔日仇恨的疯狂报复。怀才不遇时得不到的享乐,如今他终于可以大大地享受一番;怀才不遇时无法满足的自尊心如今再度膨胀起来。他将曾凌辱过他的人施以极刑,对曾蔑视过他的人严加惩罚,对不曾同情过他的人报以冷眼……但最令他难以释怀的事情,莫过于导致自己亡命天涯的南子在一年前就逝世了。逃亡在外的日子里,最令他快乐的幻想就是有朝一日将这个淫妇抓起来狠狠羞辱,再对她处以极刑。他对那些过去不曾关心自己的大臣们如是说道:

"换你们来尝尝我长期颠沛流离的苦头,如何?对各位来说,这种经历偶尔也会有些用处吧。"

因为这几句话,几位大夫立刻逃往了国外。

虽然姐姐伯姬与外甥孔悝在过去为他立下汗马功劳,但并没有因此得到礼遇。蒯聩设夜宴邀请母子二人,将两人灌醉以后,蒯聩命人将他们放入马车,赶出了卫国。

在即位后的第一年里,蒯聩夜以继日地疯狂地报复。更不必说为了弥补自己过去因流离失所而白白浪费的青春,他网罗了都城内所有美女,将她们纳入自己的后宫。

按照之前的想法,他将与自己一起受过亡命之苦的公子疾立为太子。那个曾经不谙世事的少年,如今已然是一个威风堂堂的青年,或许是由于年幼时就历经坎坷,看尽人性的阴暗,如今公子疾身上透着一份与年龄不符的阴森刻薄。而他的父亲年少时被父母溺爱,桀骜不驯,成年后政治软弱,一再退让,现如今,只有在儿子面前,才敢显露自己的懦弱。在朝中,公子疾和晋升为大夫的浑良夫,是卫庄公的心腹。

一天夜里,卫庄公对浑良夫说:"先前的卫侯辄逃跑时带走了世代珍藏的国宝,要想想办法,把这些东西拿回来。"浑良夫屏退了手执烛台的侍者,自己拿着烛台走到卫庄公身边低声耳语道:"如今流亡在外的前卫侯辄和如今的太子都是你的儿子,虽然他先于您登基,但这不是他的本意。干脆趁这个时候把辄召回卫国,让他和现在的太子比试一番,将更有才能的人立为太子。如果辄毫无才能,到时候再把他身上的宝物取回来就行了……"

其实那间屋子里藏有一个密探。浑良夫自以为谨慎地将侍者支走,却不知房间内的密探把他听到的事情尽数汇报给了太子。

第二天一早,太子带着五个手持白刃的壮士,怒气冲天地闯进父亲的居室。卫庄公不仅没有呵斥太子僭越,反而脸色煞白,吓得战栗不已。太子命令随从在父亲面前宰杀公猪,与父亲歃血为盟,逼迫父亲答应他两件事:第一,保证不会改变自己的太子之位;第二,杀了浑良夫这样的奸臣以绝后患。

卫庄公说,他曾对浑良夫承诺,给他三次免除死罪的机会。

太子说:"既然如此,如果他犯了第四次罪,那父亲就非要杀他不可了吧?"

卫庄公完全不敢反抗,只能唯唯诺诺地回应了一句:"我答应你。"

第二年春天,卫庄公在郊外的游览地搭建了一个亭子,围墙、厅内用具、缎帐之类全都采用虎纹装饰。亭苑建成那一天,卫庄公大设宴席,卫国名流身着华服汇集在此。浑良夫本是平民出身,却英俊潇洒爱好打扮。他着紫衣,披狐裘,驾着由两匹骏马拉着的马车赴宴去了。这是一场气氛自由、不拘礼数的宴会,浑良夫没有将佩剑摘下就坐到餐桌前。吃到一半时,他觉得有些热,就把狐裘大衣脱了下来。太子见状后一跃而起,来到浑良夫身边,一把抓住了浑良夫胸口的衣服,拔剑直直逼近他的鼻尖,开口说:"你自恃君宠而举止无礼,真是不知天高地厚。今天我就在这里替国君杀了你。"

浑良夫自知武力不敌太子,因此并没有反抗,他一边用哀求的眼光望向卫庄公,一边大声叫喊道:"主君曾经承诺给我三次免除死罪的机会!就算如今我当真有罪,太子也不能对我刀剑相向啊！"

"三次？好啊，那我就来数数你的罪行！你今天穿了国君才能穿的紫衣，这是第一罪；你乘坐天子近臣上卿才能坐的双马之车，这是第二罪；在国军面前脱狐裘、不释剑，这是第三罪。"

"就算这样，才正好三罪。太子还是不可以杀我！"良夫声嘶力竭地叫着。

"哼，我还没说完呢。你可别忘了，那天夜里，你曾对主君说过些什么。你这个挑拨君侯父子的佞臣！"

良夫顿时脸色蜡白。

"加上这个，你就有四个罪名了。"话音未落，浑良夫的头就骨碌碌滚落在地，鲜血瞬间染红了那用金线绣着猛虎的大缎帐。

卫庄公脸上一片苍白，一言不发地看着儿子的所作所为。

晋国的赵简子派遣使者去了卫庄公那里。使者说，卫庄公亡命天涯之际，赵简子虽然没有竭尽全力，但也曾出手相助，自从卫庄公回到卫国，还尚未问候过他。就算陛下抽不出时间亲自前去，至少也要派太子去晋国问候一声。

面对如此高高在上的语气，卫庄公不禁回想起自己的悲惨经历，自尊心受到了极大的伤害。他托使臣回复赵简子，说如今卫国国内纷争未定，脱不开身，还请晋侯海涵。

使者前脚刚走，太子派的密使就到了晋国。密使传话给赵简子说，这只是父亲卫侯的一番托词，其实在很久以前，庄公就把晋国当成一个麻烦了，这次只是故意拖延时间，你可不要被骗了。赵简子很清楚太子想取代父亲，尽早上位，耍了小伎俩，所以心中有些不悦，但他还是决定要惩罚忘恩负义的卫庄公。

那一年秋季，卫庄公做了一个奇怪的梦。

梦里是一片荒无人烟的旷野，一个披头散发的男人登上一座房檐倾斜的古老楼台，大声叫道："我看见了！我看见了！是瓜啊！一大片的瓜啊！"卫庄公觉得这地方似曾相识，仔细想了一下，好像是古时昆吾氏居住的遗址，到处种着数不清的瓜。"是谁把瓜养到这么大？是谁把亡命天涯的卫侯接回家？"站在楼上的人发了疯一样，一边跺脚一边高喊，他总觉得这个声音在哪里听过。他心下一惊，竖起耳朵接着听。哎呀！这次他彻底听清了。那人在喊："我是浑良夫啊！我何罪之有啊！我何罪之有啊！"

卫庄公惊醒了，他冷汗直流，心中很不畅快，为了驱散心头的不适，他走到露台向远方眺望。他看见月亮高悬在林间，发出红铜色的浑浊光亮。卫庄公像是看到了不祥之物，他紧蹙眉头，走回屋里，心血来潮地取来了占卜用的筮竹，坐在灯下开始占卜。

第二天一早，卫庄公召来卦师解读卦象。卦师解释说："无害。"卫庄公大喜，赏给了卦师一片领邑。然而，这个巫师从卫庄公前退下之后，便仓皇地逃到其他国家去了。因为巫师料定，如果把筮竹上的卦象如实告诉主君，主君一定会降罪于他，所以他干脆先对卫庄公撒个谎，然后再火速逃命。

卫庄公又卜了一卦，他看到卦兆之辞为"如鱼窥尾，衡流而方羊，裔焉。大国灭之，将亡。阖门塞窦，乃自后逾"。这里的大国指的是晋国吧，卫庄公看懂了这一点，但其他几句话的意思则完全没有头绪。卫侯心想：看来我的前途是一片晦暗，这一点毫无疑问。

卫庄公察觉到自己命不久矣，对晋国的压迫以及太子的专横置之不理，一心在不祥的预言成真之前极尽享乐。他相继组织了大规模的工程，强制工匠过度劳动，工匠们怨声载道。不仅如此，卫庄公再一次沉迷于自己曾忘却一时的斗鸡中。与以往不同，这一次他花重金从国内外悉数收集优秀的雄鸡。尤其是他从鲁国的一个贵族手中购得了一只雄鸡——羽毛如金子一般闪闪发光，爪如钢铁一般坚硬，高冠昂尾，实在是世间罕见的珍品。就算卫侯有时候会不去后宫，但他也从来没有一天不去观赏这只威风凛凛的雄鸡。

有一天，卫侯从城楼向下俯瞰城中街镇，发现一片极为杂乱破旧的区域。他向侍臣询问后得知,那是戎人[1]的部落。戎人是西方少数民族,身体里流淌的血液不同于卫国人。"太碍眼了,把它们都给我拆了。"卫庄公命人把戎人都赶到了都门十里开外的地方。百姓们背着幼儿,搀扶着老人,把家当都堆积在车上,陆陆续续走向城门外。从楼上往下看,官兵们在后面驱赶,百姓们慌张困惑的模样被卫侯尽收眼底。卫庄公发现,在被驱赶着的人群中有一个女子,有着一头十分引人注目的秀发。他立刻派人把那个美女叫住。那女人是一个名叫己氏的戎人之妻。这女子的五官虽然并不出众,但是她的头发闪烁着动人的光芒。卫庄公命令人把这个女子的头发连根剪下,给后宫中一位宠妃做假发。己氏见到自己妻子回来时变成了光头,马上将衣服裹在妻子头上,他站在那里狠狠地瞪着站在城楼上的卫侯,哪怕被官兵们鞭笞。

冬天,晋军从西面入侵卫国,卫国大夫石圃在城内举兵接应,袭击卫国的王宫。石圃之所这么做,是因为他知道卫侯打算除掉自己,所以决定先下手为强。还有一种说法,是石圃与太子疾共同策划了这场政变。

卫庄公将城门尽数关闭,独自一人登上城楼对着叛军大声呼喊。虽然卫庄公提出了各种条件来讲和,但是石圃始终没有回应

---

[1] 戎人是对春秋时期西方少数民族的统称,也称西戎。

他。卫庄公迫不得已应战,他带着为数不多的卫兵与敌方周旋不下,直到夜幕降临。

卫庄公想趁着天色黑暗,月亮还没出来的时候逃跑,便带着各个公子、侍臣,抱着那只心爱的高冠昂尾的公鸡,从后门悄悄溜走了。由于天太黑,他刚刚翻出城门就跌倒了,还扭伤了脚。仓皇中,卫庄公连简单处理伤口的时间都没有,在侍臣的搀扶下,急匆匆地在漆黑的旷野赶路。他们想:无论如何,一定要在天亮之前越过卫国国境,抵达宋国。就在他们前行的时候,一片浅黄色的光好像脱离了漆黑的旷野,慢慢飘上了天空。是月亮出来了!此时的月亮和卫庄公在一次从梦中惊醒后站在宫殿的露台看到的月亮几乎一模一样,都散发着红铜色的浑浊光芒。

卫庄公暗想不妙,只见从左右两边的草丛中蹿出几个人影朝他们扑来。他们没有时间考虑究竟是强盗还是追兵,只能奋力与之交战。各个公子与侍臣们大都战败,但卫庄公竟然匍匐在草丛里逃了出去。也许是因为他没有起身,躲过了敌人的视线。

当卫庄公回过神时,发现被自己紧紧抱住着的雄鸡一声也没叫过,原来它已经死了,但卫庄公不舍得丢弃它,他一只手抱着死鸡,匍匐着前行。

卫庄公发现,原野的一个角落好像有一个村郭。他奄奄一息地爬进最近的一户人家。那户人把他扶进屋里,还给他倒了一杯水。卫庄公喝完水时,耳边响起一个粗犷的声音:"你终于来

盈虚

了！"他惊讶地抬起头,说话的好像是这家的主人,那人长着一张红脸,门牙硕大,向外凸起,一直瞪向自己。但是卫庄公不记得自己认识这个人。

"你不记得我了?也难怪,但是你一定还记得她吧!"

男人把蹲在房间角落的女子叫了过来。卫庄公借着昏暗的灯光看清了女人的脸,他吓得一下松开了手中的死鸡,整个人几乎站都站不稳了。这个女人头上披着衣服,错不了,她就是那名被自己夺走一头秀发的女子。

"饶了我吧!"卫庄公用沙哑的声音哀求着,"请饶了我吧!"

卫庄公颤抖着把身上佩戴的美玉解下来,递到了己氏面前:

"这个给你,请你饶过我吧!"

己氏把刀鞘扔到一边,狡黠地笑着:

"如果我杀了你,难道玉佩还能消失不见了吗?"

这就是卫侯蒯聩最后的下场。

听说涅乌里部落的夏克被鬼魅附身了，鹰、狼、水獭……各种动物的灵魂都寄居在可怜的夏克身上，让他说出许多令人瞠目结舌的话。

在后来被希腊人称作"斯基提亚[1]人"的原始部落中，涅乌里显得别具一格。

为了躲避野兽的攻击，他们把房子建在湖上。先是将数千根原木竖着砸进湖水的浅滩处，然后在木桩上铺好木板，建造成房子；他们还安上了落地窗，吊上鱼笼捕捉湖里的鱼；他们划着独木舟捉水狸和水獭。在手工艺方面，他们擅长制作麻布，所以他们披兽皮、穿麻衣。马肉、羊肉、树莓以及菱角是他们的佳肴，马奶、马奶酒则是他们钟情的饮品和佳酿。这个部族有一个取马奶的奇方代代相传：把野兽骨头制成的空心管插进母马的肚子，再让奴隶朝管内吹气，就会流出马奶来。

涅乌里部落的夏克，是这支生活在湖上的部族中最平凡的一员。

自去年春天弟弟德克去世以来，夏克就开始变得有些古怪。那时候，从北方来了一队剽悍的骑兵，那是游牧民族乌古里族的

---

[1] 古希腊人对其北方草原游牧地带的称呼。

队伍。那些骑兵在马背上挥舞着偃月刀，势如疾风般袭击了涅乌里部落。生活在湖上的民族殊死抵抗。起先，湖上居民来到湖畔迎击侵略者，却难敌这支来自北方草原的骁勇善战的骑兵，所以他们只好撤退回湖上的栖息地。接着，他们拆掉了连接湖岸的桥板，家家户户都用窗户作枪眼，用投石器和弓箭迎战。不擅长划船的游牧民族只得放弃摧毁湖上村落的念头，转而开始抢夺留在岸边的家畜，随后又如疾风一般撤回了北方。

被鲜血染红的湖畔土地上只剩下许多失去头颅和右手的尸体，因为他们的头和右手都被侵略者砍下来带回了北方。侵略者们要把那些头盖骨镀金后做成骷髅杯，要将那些右手从上到下连带着指甲一起剥皮做成手套。夏克的弟弟德克的尸体也受到了侮辱，被抛弃在岸边。因为没有头，所以只能凭着衣服和随身物品来分辨每个死者。根据皮带上的标记和图案装饰找到弟弟尸体的那一刻，夏克陷入了短暂的恍惚之中，呆呆地望着悲惨的景象。后来有人说，夏克当时的样子怎么看都不像是在为弟弟的惨死而哀悼。

过了没多久，夏克开始说胡话了。一开始，附近的人们不知道究竟是什么东西附在夏克身上才让他说出那些奇怪的话。但是从话里判断，估计是活生生被人剥了皮的野兽灵魂在作祟。大家集思广益，最后得出结论：一定是他的弟弟德克被野蛮的游牧民砍掉的右手在说话。四五天之后，夏克又说了一些怪话。这次，人们立马就猜到是什么附在夏克身上。大家一致认为,能够悲伤地说出自己"命运坎坷,战死沙场",以及"被空虚之境的大灵抓住后颈,扔进无限黑暗之中"等诸如此类的话,很明显是夏克的弟弟德克。人们还认为,就是在夏克茫然地站在弟弟尸体旁的时候,弟弟的灵魂悄悄地钻进了哥哥的身体里。

到那时为止,因为附在夏克身上的灵魂来自他至亲的兄弟以及他兄弟的右手,所以部落里的人们不再为夏克中邪感到惊讶。于是,夏克的生活暂时回归了平静。但当夏克再一次胡言乱语的时候,人人目瞪口呆。因为,这一次借夏克之口说话的,是与他几乎毫无关联的动物。

至今为止,虽然不乏被男男女女魂灵附体的例子,但是从没见过谁被如此繁多的动物魂灵附身。有时候,在部落房子下面的湖水里游弋的鲤鱼借夏克之口,说起鱼类生活的喜怒哀乐;有时候,在特奥拉斯山脉翱翔的隼附在夏克身上,描述它看到的壮丽风景;还有时候,是奔跑在草原上的公狼的灵魂在夏克身体寄居,它诉说着在隆冬的月光下,因为迫于饥饿,一整晚都在冻土上来回踱步的辛酸。从草原上、山脉上再到对面那宛如明镜般的湖泊中,都有动物借助他的嘴说话。

人们纷纷带着好奇心前来听夏克口中古怪的话。更为滑稽的是,连夏克(或者说附着在夏克身上的一众魂灵)都开始期待听众们的到来了。然而,他们之中有一个人曾说了这么一句话:

"夏克说的话才不是出自什么附身的魂灵，恐怕是夏克那小子自己编的吧。"

这人说得不无道理，普通人如果被妖怪附身，说话时往往精神恍惚，陷入忘我的状态。可是夏克呢，他看起来没有一点儿疯狂的迹象，他说的话太有条理了。这事太奇怪了，说这话的人越来越多。

夏克也知道近来发生的这些怪事意味着什么，他自己也能察觉到异样。毫无疑问，自己与一般中邪的人大有不同。可是，这种奇怪的现象究竟为什么会出现在自己身上，而且长达数月之久，没有停止的势头呢？夏克自己也不知道答案，那就把它当作是邪灵附身吧。最初他的确是为弟弟的死感到悲伤，他愤怒地想象着弟弟的头颅与右手的行踪，最后他所想的内容竟然不知不觉被自己说出了口，但这绝对不是他有意而为的。然而，这件事却让爱幻想的夏克感受到了想象的乐趣，也就是说，他运用想象力将自己变身为其他人或动物。随着听众增多，夏克越发喜欢看见他们的表情随着自己的讲述一张一弛，流露出或释然或恐怖的神情，他竟然爱上了这份快乐。随着夏克幻想故事的本事越来越炉火纯青，他想象中的情景也越来越生动多彩。他的脑海里还会浮现出一些五花八门的画面，那些画面如此鲜活细致，令夏克自己都感到惊讶无比，不过他还是认为这是某种魂灵所为。他在那时要是想到借由文字，把这一个接一个意外诞生的画面记录下来该有多好!而他所充当的角色会被后世赋予怎样的称呼,他也想象不到。

尽管人们认为夏克口中的故事都是他自己故意编造的,但是听众却有增无减。甚而,人们还接二连三地请求他多讲一些新故事。就算这些故事是夏克自己幻想的,但是能让生来平平无奇的夏克想出这么精彩的故事,这肯定是魂灵们的功劳。无论是听众还是夏克,在这点上想法是一致的。对没被魂灵附身的人来说,如此详细地把自己没有见过的事物描述出来,简直是无法想象的。

在湖畔岩石的背后,在森林里的冷杉树下,在悬挂着山羊皮的夏克家门口,人们围着夏克坐成半圆形,津津有味地听他讲话。夏克会讲住在北方山地的三十个剽悍盗匪、夜间出没在森林里的怪物、草原上年轻的母牛等故事。

看到年轻人沉迷在夏克的故事中而懈怠劳作,部落的长老们纷纷面露不悦。其中有一个长老说:"夏克身上发生的事情是一种不祥的预兆。要说他是被附身了,可这么奇怪的附身真是世上罕见;要是说他没有被附身,可他能一个接一个地想出那么没头没脑的故事,也真是闻所未闻。不管怎么说,这家伙太出风头,一定是有悖于自然的。"说这话的长老出自最有实力的名门望族,拥有象征地位的豹爪,因此这个老人的说法得到了所有长老的支持。他们开始秘密策划如何排挤夏克。

渐渐地，夏克的故事越来越多地取材于自己身边的人和事。因为特地前来的听众们已经不满于一直只听鹰和母牛等的故事了。于是，夏克故事的主角开始变成年轻、俊美的男女，吝啬而善妒的老妪，在所有人面前高高在上、唯独对自己妻子低下头的酋长。当他讲到一个脑袋像掉毛的秃鹰一样的老人与一个年轻小伙子共同追求一个美丽的姑娘，最终却以年轻小伙惨败收尾的故事时，听众们都咯咯笑个不停。见他们笑得那么夸张，夏克询问原因，他们告诉他，有传言说之前提出要排挤夏克的那位长老最近刚刚经历了同样悲惨的事情。

那位长老的怒火越燃越旺。他绞尽脑汁，终于想到了一个计策。有一个男人的妻子最近与人私通，那个男人也加入了这个计策之中，因为他认为夏克一定讲过讽刺他的故事。这两个人不择手段，想要让人们注意到夏克身为部落一员，却没尽到他应尽的义务。他们说："夏克没有去钓鱼！""夏克没去喂马！""他没有去森林伐木！""没有剥下水獭的皮！""自从北方的群山吹来的劲风带来鹅毛大雪之后，有谁见过夏克在村里劳作？"

人们一想，是这么回事，夏克的的确确什么都没做。在将各种生活必需品分发给村民以准备过冬的时候，人们更清楚地感受到了这一点。就连夏克最忠实的听众也发现了夏克的怠惰。话虽如此，可人们对夏克讲的精彩故事实在太着迷，所以尽管夏克没有劳作，人们还是勉强分给了他一些过冬的食物。

部落的人们裹着厚厚的毛皮抵御北风,他们依偎在燃烧着野兽粪便与枯树枝的石炉旁边啜饮着马奶酒,熬过了冬天。等湖畔的芦苇又发出新芽时,他们再一次外出劳作。

夏克也到野外去劳作了,但他的目光看起来迟钝又呆滞。人们意识到,他已经很久没有讲故事了。就算是求他,他也只能把过去讲过的故事再翻出来讲一遍。不,就连这些故事也讲得不尽如人意,他的辞藻不再生动多彩了。很明显,这是因为原本附在夏克身上,让他开口讲出美妙故事的魂灵早就不在了。

虽然那些魂灵不在了,但是夏克却没有重拾往日勤劳的习惯。他既不再劳作,也不再讲故事,每天就只是呆呆地望着湖水。每当看到夏克这副模样,曾经的听众们回想起自己曾经把宝贵的过冬食物分给了这个好吃懒做的家伙就气不打一处来。长老们见计划得逞,露出了笑容,如果所有人都认为他对部落百害而无一利,根据部落的规定,人们就可以将他处死。

于是,蓄着长胡子、脖子上戴着玉饰的掌权者们开始商议这件事,没有一个人为无亲无故的夏克辩解。

正巧,适逢雷雨季节。人们最害怕雷鸣声了,在他们看来,天神是个独眼的巨人,雷鸣声则是这个巨人愤怒的诅咒。一旦听到轰鸣的雷声,他们就害怕得不得了,立即停止手上所有的工作,闭门不出。奸诈的老人们用两个牛角杯收买了占卜者,让他把最近频繁的雷鸣与夏克的不祥扯上关系。这一招奏效了。人们最后决定：在某一天里，在太阳从湖心的正上方降落到西岸的山毛榉树梢这段时间中，如果响起三次雷鸣，那么在第二天，就要按照祖先传下来的规矩把夏克处死。

那一天下午，有人听到了四次打雷声，还有人说听到了五次。

第二天傍晚，人们围坐在湖畔的篝火旁，举行了隆重的盛宴。除了羊肉、马肉，大锅里还咕噜咕噜地煮着可怜的夏克的肉。对于食物并不充足的原始部落来说，除了病死的，但凡有人死去，那尸体一定会被大家拿来享用。有一个鬈发的小伙子，昔日是夏克最忠实的听众，如今，这个年轻人在火光的映照下，奋力地撕咬夏克的肩膀上的肉。那个长老用右手抓着仇人的大腿骨，津津有味地嘬着骨头上的肉。吃干抹净后，他把那根骨头抛向远处，只听扑通一声，骨头便渐渐沉入湖底了。

没有人知道，在一位名叫荷马的失明吟游诗人吟诵出美妙诗篇之前，曾有这么一位诗人被这样吃掉了。

她是一位不爱讲话、十分谦逊的女子。毫无疑问，她是一个美女，但是因为她并不活泼，而是散发着像木偶一样安静的美感，不免让人觉得有些呆滞。看着身边因自己引出的种种事端，这个女人吃惊地睁大了眼睛。这不禁让人觉得，她从来没有意识到这一切都是因自己而起的。或许她多少意识到了这一点，却有意装作毫不知情。她意识到这些时怀有什么样的心情，是感到骄傲还是感到困惑，还是在嘲笑那些愚蠢的男人呢？答案无人知晓。反正她身上丝毫没有表现出骄傲的样子。

在那张宛如艺术品一般、散发出宁静气息的脸上，有时在不经意间会呈现出火焰般的动魄，就像是一盏雪白冰冷的石灯笼突然亮起了灯光，红晕一点点漫上她的耳际，透出红色玉石一样的光泽。她那双漆黑的眸子也时常闪着妖艳水润的光泽。尤其是在房内映着灯光时，这个女人就会散发出特殊的美，有幸在这时候一睹芳姿的男人们都会深陷其中不能自拔，好似犯了痴，丢了魂。

她叫夏姬，是陈国大夫御叔的妻子，也是郑穆公的女儿。周丁王元年，穆公辞世，哥哥子蛮继承父位，却在第二年离奇地暴毙。陈灵公与夏姬之间的恋情正是从那时候开始的。这段感情并不是荒淫无度的国君强行逼迫的,对于夏姬来说,一切事情犹如流水一样自然。她既不兴奋,也不后悔,一切只是顺其自然,任其发生罢了。夏姬的丈夫御叔是个典型的大好人,性格十分懦弱。尽管他隐隐约约察觉到了妻子的不轨,但他并没有采取什么举动。夏姬对丈夫既没有愧疚之情,也不怀轻蔑之意,只是比以前更加尽心尽力地侍候丈夫。

一天,陈灵公在朝中与上卿孔宁、仪行父嬉戏取乐时,突然解开外衫露出内衣给那二人看,那是一件十分魅惑的女性贴身衣物。两人大吃一惊,因为孔宁和仪行父两个人身上也都穿有夏姬的贴身衣物。难道陈灵公知道此事?两个人很清楚彼此都是夏姬的床幕之宾,而陈灵公为什么要给他们展示夏姬的衣物?难道他也知道自己与夏姬的私情?是该谄笑着回应主君的戏弄还是另想其他对策?两个人胆战心惊地窥探陈灵公的脸色。陈灵公似乎无意揭穿两人,他的脸上只透着淫邪的、得意的笑容。两个人这才松了一口气。几天后,他们变得大胆起来,甚至也对陈灵公展示起了自己身上的内衣。

一个名叫泄治的耿直官员向陈灵公上谏:"公卿如果做出淫乱的事,恐怕下面的人也会效仿。而且,这事传出去也不好,还请陛下不要再这么做了。"

当时陈国正夹在强大的晋国与楚国之间,无论攀附哪一方,都会遭受另一方的侵略。在这样危急的情况下,的确不应该沉迷美色。陈灵公只说了一句"吾能改矣"就没有了下文。孔宁与仪行父两人却主张除掉泄冶这个大不敬的臣子，陈灵公也没有极力阻止。第二天，泄冶就被人刺杀身亡了。

后来，老好人御叔也离奇死亡了。

陈灵公与两位上卿之间几乎不存在嫉妒之心，他们沉浸在夏姬散发的情色中，已经完全麻痹，顾不上嫉妒了。

某天，三个中邪的男人一起在夏姬家中喝酒，夏姬的儿子徵舒从他们面前经过。陈灵公看着徵舒的背影对仪行父说："徵舒长得很像你啊！"仪行父立刻笑着回应说："不不不，依臣看来，那孩子和主君长得十分相像。"这两人的对话被年轻的夏徵舒听得一清二楚。一时间，他对父亲的去世感到疑惑，对母亲淫乱的私生活感到愤懑，对自己的命运感到屈辱，各种感情一并迸发，如烈火般在心中燃烧起来。宴会结束后，陈灵公正要离开，忽然有一支箭向他射来，直直贯穿了心脏。夏徵舒远远站在马厩的阴暗处，用几乎要喷出火来的眼睛注视着陈灵公，马上又取出了第二支箭。由于绝望和愤怒，他的双手不住地颤抖。

孔宁和仪行父仓皇出逃，他们不敢回家，逃到了楚国避难。

依照当时的惯例，一旦有国家起了内乱，一定会有强国借着镇平战乱之名前来侵略。楚庄王听说了陈灵公被杀的消息后，立刻率军直抵陈国都城。楚庄王把夏徵舒抓了起来，在栗门对他施以车裂之刑。楚国的将士们对陈国之乱的源头——夏姬感到十分好奇，他们暗自幻想这个蛇蝎毒妇的容貌，结果却发现夏姬只不过是一位平静优雅的普通女人，有人还对此感到失望。面对亡国，夏姬就像一个对自己行为不负任何责任的孩子一样，始终置身事外，一副天真无邪的样子。自己唯一的儿子就要被处以酷刑，她也无动于衷，反而对相继出现在眼前的楚王及卿大夫毕恭毕敬、俯首帖耳。楚庄王胜利回国时将夏姬一并带回，纳入了自己的后宫。

屈巫，字子灵，是楚国的一位巫臣。他对楚王上谏说道："您不能这么做啊。主君您这次是借着诛杀逆臣贼子、匡扶大义之名向陈国发兵的，如果您把夏姬纳入后宫，人们就会说您是贪图淫欲而起兵，那时您会解释不清的。《周书》上写着'明辨德行，谨慎赏罚'，还请您三思啊。"楚庄王虽是个好色之徒，但他更是一个具有野心的政治家，因此他立刻听取了巫臣的直言进谏。

后来，官任令尹的子反想要娶夏姬为妻，巫臣又前去劝阻："她是个不祥的人！子蛮、御叔、灵侯……这么多人都因她而死，陈国也因为她而灭亡，她是个多么可怕的人啊！人生在世本来就很不容易，娶了夏姬，恐怕会不得善终，这又是何苦呢？天下有很多美丽女子，难道非要迎娶夏姬吗？"本来子反就是由于虚荣心作祟才想迎娶夏姬，闻言他再三考虑后打消了这一念头。最后，夏姬被许配给了连尹的襄老。夏姬十分顺从，从没有哪个女子像她一样，被逼嫁人还如此顺从。不止如此，不知不觉间，夏姬还因为被迫成亲而感到欣喜。

第二年，也就是周定王十年，晋、楚两国的大军在邲地交战，楚军大败。襄老在这场战役中战死沙场，尸首也被敌人掳走了。

襄老的儿子黑要是个勇猛的青年。不知从何时起，夏姬和黑要两个人分别将丈夫和父亲的死置之脑后，两个人还穿着丧服，就已经沉溺在欢愉的情爱之中了。

原本上谏楚庄王与子反的申公巫臣，也渐渐地开始接近夏姬。巫臣是个深谋远虑的计谋家，他并没有立刻独占夏姬，而是花重金在夏姬的故乡郑国施了一个计谋。在他看来，在楚国迎娶夏姬明显行不通。后来，楚国收到了从郑国传来的消息，说晋国把襄老的尸首送到了郑国，要夏姬去郑国取回丈夫的尸首。楚庄王对此事的真伪存疑，于是就把巫臣召来，想要听听他的意见。

"我认为这是真的。"巫臣回答说。

"在邲地一战中，我们抓捕了一个名叫知罃的晋国俘虏，晋国想把这个俘虏赎回去。知罃的父亲是晋侯的宠臣，他家在郑国有诸多朋辈知己，想必他们是借此机会交换俘虏吧。正因如此，他们才想将公子谷臣与襄老的尸首还回来。"

楚庄王领首，放夏姬回郑国。夏姬在这之前就收到了巫臣给她的消息。临出发时，她对身边的人说"不得尸，吾不反矣"。

没有人理解这句话其实是在说"我可能领不到丈夫的尸首,但我不会再回来了"。在纯黑丧服的包裹下,夏姬格外凄美冷艳,她就这样上了路。黑要不情愿地与她告别,但夏姬前脚刚到郑国,巫臣的密使就告诉夏姬说,巫臣有意娶她。郑襄公虽然同意了这门亲事,但是夏姬没有嫁给巫臣。

楚庄王死后,楚共王即位。楚共王与齐国结盟,共同讨伐鲁国,并派巫臣出使齐国,告知其楚国出兵日期。巫臣出发时带上了所有家财。途中,他遇到一个名叫申叔跪的人,申叔跪惊讶地感叹:"夫子您既有三军之惧,又有桑中之喜[1],应当带着妻子悄悄地逃走呀!"巫臣一到郑国,就命令副使携带进贤的礼物返回楚国,自己则独自带着夏姬逃跑了。夏姬并没有表现出大喜过望的神情,只是顺从地跟着他。两人在往齐国的路上遇到战败的齐国军队,于是他们又转而逃到晋国。在晋国重臣郤至的介绍下,巫臣在晋国谋得了刑大夫一职。

楚国的子反曾一心想要娶夏姬,但被巫臣劝阻了,如今巫臣却把夏姬据为己有,这令子反懊悔得咬牙切齿。他在晋国花重金,千方百计阻挠巫臣的仕途,最终却只是一场徒劳。子反怒不可遏,残忍杀害了巫臣全族以及子阎、子荡和黑要,夺走了他们的财产。尽管如此,他还是怒气难消。

---

[1] 男女不依礼法的结合。

巫臣立即派人从晋国送信给子反，他在信中狠狠诅咒子反，并发誓一定会报仇雪恨。他向晋侯请命，称自己愿意出使吴国，并说服吴国与晋国结盟以夹击楚国。后来，楚国南部的巢、徐两地遭到了吴国的侵略。为抵御攻击，子反多次奔赴两地。数年后，楚国战败，子反引咎自刎。

夏姬身为巫臣的妻室，似乎日渐平和沉稳。她竭力压抑自己，绝不逆天意而为。在她身上，怎么也看不出昔日祸乱陈、楚两国的美艳妖妇的影子，但是巫臣一点也不放心，因为夏姬仿佛青春永驻，尽管已年近五十，但她还是那么平静优雅，皮肤如处子一般水润光泽。这不可思议的青春容貌在巫臣心里埋下了不安的种子。巫臣也曾悄悄吩咐婢妾童仆密切盯住夏姬，可他从仆人们那里得到的反馈都是夏姬的确贞洁贤良。巫臣并不轻信他们，仍然心怀疑虑。更让巫臣困惑的是，他不知道自己究竟是怀揣着什么样的感情去追求这个女人的，他百思不得其解。想起襄老的儿子黑要与夏姬之间的私情，巫臣不禁把狐疑的目光也对准了自己已经长大成人的儿子们。他有个儿子名叫狐庸，出于顾虑，巫臣让他长期滞留吴国。自从贞洁贤淑的夏姬到来以后，家里变得冷冷清清。巫臣愕然了，他机关算尽，从一众竞争者中突出重围，终于得到了夏姬，但是自己真的得手了吗？他发现自己和过去判若两人，过去一心想要得到夏姬的执念变成一种不受自己控制的习惯，自己正在任由这一习惯摆布。最近，他不得不承认自己的生命正处于急转直下的坡道。他无比清楚地感受到自己的精神与肉体正在衰老。

有时候，巫臣在日暮的微光中注视着夏姬的侧影，她犹如一只吐尽妖气的白狐一般端坐着。看着她思绪万千的样子，他不禁悚然，自己的一生究竟为什么会为这个女人付出如此高昂的代价？不知是何缘故，他的内心涌现出一种难以名状的奇怪想法：自始至终所有事情都是一场荒诞的舞蹈，白狐一样的夏姬其实也是被操纵的。他凝视着这场荒诞的舞蹈，忘记了自己空虚的一生。这场舞蹈的操纵者仿佛占据了他的内心，他毫不拘束地放声大笑了起来。

南岛谭

——幸福

很久之前,这座岛上有个可怜的男人,由于在这一带历来没有计算年龄的习惯,因此很难断言这个男人多大了,但是有一点可以确定,他已经不是很年轻了。由于头发不够卷曲,鼻子不够塌,因此人们嘲笑他相貌丑陋。再加上他的嘴唇很薄,脸上的皮肤也没有黑檀木的精致光泽,这更加剧了他的丑陋。这个男人还是岛上最贫穷的一个人。这个岛屿上的货币叫作"乌刀乌刀",长得和勾玉差不多。这个男人连一个乌刀乌刀都没有,当然也就买不到妻子。他一直独自生活,栖身在首席长老家那间杂物房的角落里。他是长老家最卑贱的奴仆,家里所有卑贱的活儿都压在他一人身上。岛上有不少闲散的人,但是这个男人却没有一点儿休息时间。

早晨他要去捕鱼,所以起得比在杧果树上婉转啼鸣的鸟儿还要早。有一次,他用手枪猎捕章鱼,被章鱼吸住了胸膛和肚子,过后全身都肿了起来;还有一次,他被一只脸盆大小的砗磲贝夹住了腿;更危险的一次,他被一只巨大的鞍带石斑鱼追赶,他在险象环生中被一艘独木舟上的人救了,才得以逃生。

到了中午，岛上的每个人都在树荫下或竹床上酣然，唯独他忙得不可开交：打扫房间、搭建小屋、采集椰子蜜、搓椰子绳、修补房顶、制作家具……这些都是他的工作。他干得大汗淋漓，就像一只经历了疾风暴雨的野鼠。除整理芋田这个自古以来就被视为归女性所有的工作外，其他的活儿都是他一个人在干。

夕阳慢慢沉入西边的大海，巨大的蝙蝠开始在高大的树梢盘旋，这个男人才终于可以坐下来吃点东西了，但他的食物通常是人们用来喂猫狗的海芋或者一些碎鱼肉。吃完，他会拖着精疲力竭的身子往硬竹床上一躺，沉沉睡去。

他的主人，也就是这个岛上的首席长老，也是整个帕劳地区——北至此岛，南至远处的贝里琉岛——首屈一指的财主。这个岛上有一半的芋田、三分之二的椰子林都归这个长老所有。长老厨房里的上好龟甲盘子一直摆到了屋顶，他每天享用的是海龟脂、烤乳猪、蒸制的人鱼胎儿、蝙蝠的幼崽等美食，因此，他就像一头怀了孕的母猪一样大腹便便。他家中藏有一支饱受赞誉的短柄枪，他的祖先在征战卡扬艾尔岛时，曾用它刺向敌军的大将。他的宝物多得就像玳瑁产下的卵，其中最珍贵的宝物要属巴卡尔珠，这个宝物威力无穷，称霸环礁的锯鲛看上它一眼，也吓得仓皇逃走。

他是岛上的统治者，坐拥权力、财力和人力。无论是巍然屹立在帕劳岛中央的装饰着蝙蝠花纹、翘屋顶的大集会场的建设，还是岛上居民引以为傲的纯红色蛇头的大型战斗船只的制作，都离不开他。表面上，他的妻子只有一个，但是在不违反近亲联姻这一禁忌的前提下，他的女人多得数不胜数。

在权力面前，那位可怜的独居者是如此卑贱。别说在首席长老面前，就是在第二、三、四长老面前经过时他也不能站着走，必须要在地上匍匐。乘独木舟出海的时候，如果恰巧遇到了长老的船，他必须得跳进海里，绝对不能在船上向长老打招呼。有一次，他正要跳入水中，发现水中有一只鲨鱼。长老的侍从看见男人犹豫不决的样子，愤怒地将一根木棒扔向他，砸伤了他的左眼。出于无奈，男人只能跳进大海。还好那只鲨鱼不大，不然，可就不是咬断他三根脚指头这么简单了。

距离此岛遥远的南边是文化中心克洛尔岛，有一些源自白色人种的恶疾席卷了那里。恶疾有两种。一种是妨碍神圣天赐的无礼，克洛尔岛中的男人染上这个病，就称患了男病，如果女人染了这种病，则说患了女病。另一种疾病极其奇怪，人们称它"疲劳病"。这种病很难辨别：患病的人会轻微咳嗽，面色苍白，身体无力，随之消瘦虚弱，不知不觉中就走向死亡。感染这个病的可能会咯血，也可能不会。这个可怜的独居男人好像染上了后一种恶疾。他整日里不停地干咳，身体乏力。即便喝过了榄仁树的芽碾碎的汁水和焙煎章鱼树根的汤汁，也丝毫不见好转。他的主人注意到这件事，但他认为下等的奴仆患上疾病是符合情理的。

因此，又给这可怜的男人添加了不少工作。

这个可怜的男人非常睿智，他并不认为自己的命运有多么悲惨。不管主人如何苛刻，可至少没有禁止他看、听以及呼吸，他对此心存感激。不管主人给他安排了多少繁重的工作，可至少没有让他去芋田耕作——这是妇女们的神圣天职，这也让他感到知足。虽然他曾经被迫跳进了鲨鱼遨游的大海里，失去了三根脚趾，但是他十分感谢鲨鱼没有咬断他一整只脚。虽然他染上了总是干咳的疲劳病，但是一想到还有人同时身患疲劳病与男病两种恶疾，自己至少比他们少一种，便对此感到欣慰。虽然他的头发没有像干枯的海藻一样卷曲，这无疑是他容貌的致命缺陷，但是他知道，世上还有人的头好像荒芜的红土丘，连一根头发也没有。虽然他的鼻子没有像在香蕉田里被踩过的青蛙一样扁，这的确是一件羞耻的事，但是他还知道在附近岛上有两个男人得了腐烂病，他们压根没有鼻子呢。

就算是这样一个懂得知足的男人，比起病痛，他更向往健康；比起在正午的太阳下劳作，他更希望能在树荫下午睡。这个可怜而睿智的男人有时也会向神灵献上野芋，他还对神灵祈祷说："希望我的病痛和劳作能够轻一点，如果这份愿望不算太贪心的话，还请神灵大人一定要保佑我实现心愿。"

他通常向供奉着椰子蟹卡塔慈慈与蚯蚓乌拉兹的祠堂祷告。据说这两位神明都是相当厉害的恶神。在帕劳人信仰的各种神明之中，几乎没有人供奉善神。因为人们知道，就算善神心有不悦也不会出来作祟害人。相反，人们常常会郑重地为恶神供奉许多食物。因为海啸、狂风、疾病都是恶神发怒后降下的灾难。椰子蟹与蚯蚓听到了这个男人的祈祷，在之后一段时间里，这个男人总会做一些奇妙的梦。

在梦里，那可怜的男人竟变成了长老。他端坐在大厅中央的座位上，人人都唯唯诺诺地听从他的吩咐，他们惴惴不安，好像生怕惹得他不高兴一样。他有了妻子，还有一大批为了他的饮食而忙个不停的婢女。他面前的餐桌上有堆积如山的美食，有烤全猪、煮到通红的青蟹和大海龟的蛋。他对这些感到无比震惊，他不知道这究竟是不是梦，心里疑惑不已。

第二天一早，他醒了过来，发现自己还是睡在房顶破裂、房梁倾斜的小屋里。他罕见地睡过了头，连清晨的鸟鸣声都没听到，门外，一个仆人正狠狠地敲他的门。

第二天夜里，他在梦中又变成了长老。他比前一天晚上更加吃惊，因为他吩咐下人的语气变得蛮横了。这一回，餐桌上也堆满了美味佳肴。他的妻子是一个身体强健、无可挑剔的美女。用章鱼树树叶编成的新坐垫冰凉凉的，坐上去很是惬意。但是一到早晨，他醒来一看，自己还是睡在肮脏的小房间里，还有很多等着他去干的活，还是只能得到一点海芋和碎鱼块，一切都和之前一样。

第三天晚上、第四天晚上，以及之后的每天晚上，可怜的奴仆总是会在梦中变成长老，而且，他做起事来也越来越有长老的风范了。就算看见山珍海味，他也不再像最初那样狼吞虎咽；他与妻子之间的争执变多了，他还学会了拈花惹草；他对岛上的居民们颐指气使，命令他们制作舟库，举行祭祀。在祭司的引导下，他走到众神面前，岛上的居民纷纷赞叹他的神勇："莫非您是古时的英雄转世？"

　　在侍奉他的仆人之中，有一个男人长得像极了他白天时的主人——现实中的首席长老。这个男人对他的恐惧已经到了一种十分可笑的程度。他为了取乐，命令这个长相酷似首席长老的仆人去做最为辛苦的工作，让他去钓鱼、采椰子蜜。当他乘坐的船与那个仆人的小舟相遇时，他就让仆人跳到鲨鱼出没的大海中去，看着梦里的仆人慌张又畏惧的模样，他获得了极大的满足。

　　尽管白天的劳动依然艰苦，待遇依然严苛，但他不再发出哀叹，也不再用大道理说服自己了。因为白天有多辛苦，在夜里就能享受多少快乐。即便经过了一整天的劳作，已经精疲力竭，他也会浮现出欢乐的笑容，为了做一个荣华富贵的美梦，他急切地跑到那张断了床柱的肮脏竹床上躺下。说起来，也不知道是不是因为在梦里享用了太多美食，他最近变胖了不少，脸上的气色也变好了，不知什么时候起，他不再干咳了，就好像返老还童一样精神百倍。

就在可怜又丑陋的仆人开始做这些怪梦时，他的主人——那位大富大贵的首席长老也开始做奇怪的梦。在梦中，高贵的首席长老变成了凄惨贫穷的下等人。他每天都要承担所有的工作，从捕鱼、采椰子蜜，再到搓椰子绳、采集面包树的果子、制作独木舟等，工作如此之多，他恨不得自己能像蜈蚣一样生出无数只手。命令他做这些工作的男人是白天自己手下最为卑贱的奴仆。那奴仆总恶狠狠地吩咐他干活儿，他被大章鱼吸过身体，被砗磲贝夹过脚，还被鲨鱼咬断过脚趾……要说食物，每天都是一点海芋和碎鱼块。

每天早晨，他从正厅中央那张豪华的床上醒过来时都疲惫不堪，各个关节都隐隐作痛，像劳作了一整夜一样。由于每天晚上都做这种梦，长老的身体渐渐消瘦，原先凸出来的大肚子也变得紧实了。确实，如果每天只吃一点海芋和碎鱼块，无论是谁都会变瘦。当月亮经过三回盈缺时，长老已经变得又老又瘦，还出现了干咳的症状。

最后，长老怒气冲冲地把仆人叫了过来，他下定决心要好好惩罚一下这个在梦里虐待自己的可恶男人。

然而，眼前这个仆人已经不再是过去那个虚弱瘦小、整日干咳、畏畏缩缩的家伙了。现在的他身材富态、面色红润，看起来神采飞扬，说话时充满了自信，虽然还是毕恭毕敬的态度，可怎么看都不像是被长老使唤的下人。仅仅从他落落大方的微笑就能看出,那份优越感远远凌驾于长老。长老感到梦中的恐惧感再一次涌来。突然,他的脑海中浮现出一个问题:梦里的世界与白天的世界,究竟哪一个才是真实的?面对着如今不再干咳的强壮健硕的男人,瘦小衰弱的长老放弃了训斥他的念头。

长老用连自己都无法想象的殷切的态度询问仆人,他的身体恢复得如何了。仆人向长老详细描述了自己这些日子的梦,说他如何对每天夜里的山珍海味感到腻烦;如何对奴仆们颐指气使,沉迷享乐;又说他是如何与一众女性共同体验直达天堂的快乐。

仆人的话说完了,长老惊讶得瞠目结舌。仆人的梦竟然和自己的梦惊人的一致,这究竟是为什么呢?在梦中吸收的营养,竟然能影响到现实中的身体,这又是怎么一回事?长老从一开始就想到梦中的世界与现实的世界是一样的,甚至梦中的世界会比现实更加真实。他忍住自己的不安,对仆人如实讲述了自己每晚做的梦,描述了自己每夜是如何从事艰苦的劳动,又是如何强忍着接受那一点海芋与碎鱼肉。

仆人听完长老的话,丝毫没有感到惊讶,脸上的表情像是在说"本该如此",好像只是听到了自己早就知道的事情一样露出微笑,并不时点点头。仆人那张脸上闪耀着幸福的光辉,宛如一条在丰饶的淤泥中吃饱后悠然睡去的海鳗。这个男人确信,梦中的世界比现实的世界更为真实。可怜的富贵主人在内心长吁一口气,望着贫穷但聪明的仆人,眼神中满是嫉妒。

上面讲的是如今已消亡的奥尔旺格尔岛的传说。在很久以前的某一天,奥尔旺格尔岛连同岛上的居民一同沉入了海底。从那以后,整个帕劳再也没有人做过这样的梦。

文字祸

文字之灵这东西，究竟是否存在呢？

亚述人[1]信仰精灵，他们了解无数精灵。譬如在夜里起舞的夜魔里尔、雌性的夜魔莉莉丝、播撒疾病的冥神纳姆塔尔、亡者之灵埃提姆以及诱拐之魔拉巴斯等。亚述的世界中充满了数不清的恶灵，然而尚未有人听说过有关文字之灵的故事。

那时候——这里说的是亚述巴尼拔国王统治下的第二十个年头——位于亚述首都尼尼微的宫廷里出现了一种传言。据说每天夜里，漆黑的图书馆中总能听到有人在小声说话。这之前，国王的兄长——沙马什·舒姆·乌金起兵谋反，一度导致巴比伦城沦陷。那时这座城池刚刚被收复，人们怀疑又有心怀不轨之徒在密谋叛乱，但却没有发现相关谋反之举。难道是精灵的攀谈声？也有人说那些声音来自巴比伦来的囚徒们，前阵子他们被处死在了国王面前。可是人人都知道这说法站不住脚，当时一千余个巴比伦俘囚是拔舌后才被处决的，他们的舌头收集在一处堆积如山，这件事无人不知，无人不晓。没有舌头的亡灵是无法开口讲话的。在经历了一番毫无收获的占星与羊肝卜[2]后，人们只能认定

---

[1] 约4000前生活在西亚两河流域北部的人种。
[2] 用动物内脏进行的占卜活动。

这是藏书或文字的说话声。只是人们完全不知道这文字之灵（姑且算它存在）究竟是什么样的。巴尼拔国王召见了浓眉大眼、一头鬈发的老博士纳布·阿赫·艾力巴，命他来研究这一未知的精灵。

从那一天起，老博士纳布·阿赫·艾力巴便日日前往事发地（这一图书馆还有着非凡的命运：它于建成后两百年被深埋地下，过了两三千年后才被人偶然发掘出来），他每天都要博览群书，刻苦钻研。两河流域与古埃及不同，那里没有草纸，人们就用硬笔在黏土板上雕刻复杂的楔形符号。书籍就像一片片瓦片，图书馆则像是瓷器铺的仓库。每天，老博士桌子（桌腿是狮子腿制成的，狮爪都还保留着）上的瓦片都堆积如山，他想从那些古老的书籍中找到有关文字之灵的内容，然而却一无所获。书中除提到文字是由波尔西帕的纳布神掌管外，再也没有其他记载。看来，文字中究竟有没有神灵，这一问题只能靠自己的力量找到答案。于是，博士放下书，只在眼前放了一个字，他打算这一整天只盯着这个字看。

据说占卜者通过观察羊的肝脏就能看透所有事物或现象，他也模仿这一行为，目不转睛地静静观察，企图找到真相。就在这时，老博士发现了一件奇怪的事情：长期盯着一个字看个不停时，那个字就不知不觉间解体了，变成了一条一条毫无意义的交错线条。如果一个文字仅仅是一些线条的集合，为什么竟会有特定的发音与含义呢？他怎么也搞不懂这个问题。老博士纳布·阿赫·艾力巴出生以来，第一次发现这么不可思议的事情。他惊诧不已，在七十年的光阴中，自己一直认为理所当然的事情，原来绝非如此，更不是必然的。他恍然大悟，似乎解开了一直以来的迷惑，是什么让单纯分散的线条拥有一定的发音和一定的含义呢？想到这里，老博士不假思索地认为文字之灵一定存在。他想，如果手、脚、头、肚子等肢体不能被灵魂支配，那就算不上人类，同理，文字如果没有精灵控制，仅仅靠单纯的线条组合，怎么可能拥有音与意呢？

从这一发现入手，此前无人知晓的文字之灵如今渐渐明晰起来。文字精灵的数量可媲美地上所有事物，而且还像野鼠一样会繁衍生子。

纳布·阿赫·艾力巴在尼尼微的街上徘徊，找到最近才识字的人，耐心地一一询问"和识字之前比，您现在有什么变化吗？"他想要通过这一方法来探究文字之灵对人类起到的作用。就这样，老博士做出了一份有意思的统计。根据统计显示，认识文字后出现奇怪症状的人数极为可观，他们有人抓不住虱子，有人眼内常常飞入尘埃，有人看不到在高空中飞翔的鹰了，有人感到天空的颜色不如之前湛蓝了，等等。

"文字之精灵侵入人类之眼，犹如蛆虫破核桃之硬壳，巧吞其内果实。"纳布·阿赫·艾力巴在新黏土板上刻下这句话。

自从学习文字以来，出现咳嗽、常打喷嚏、总打嗝儿、腹泻频繁等症状的人数也不容小觑。"文字之精灵侵入人之鼻、咽喉、腹部。"老博士又添上这一句。还有人表示，自从学认字后，自己的头发突然变得稀疏了；有人称自己脚力变弱，或是说手脚开始发颤，下巴变得容易脱臼等。最后，纳布·阿赫·艾力巴不得不写上这样一句："文字之害者，犯人头脑，以致麻痹其精神，是为极恶。"统计结论表明，和识字前相比，匠人手艺变得生疏，战士变得懦弱，猎人射不中狮子的情况增多了。也有人抱怨称，自从与文字打交道后，连坐拥女人的快感也渐渐消失了，不过说这话的是位年过七旬的老人，这变化可能并非文字之错。纳布·阿赫·艾力巴如是猜测：埃及人将事物的影子视作该事物灵魂的一部分，但是，文字这东西也像事物的影子一样吗？

"狮子"这两个字，不就是真正狮子的影子吗？也许认识"狮子"二字的猎人之所以失手，是因为他没有去追捕真正的狮子，而是瞄准了狮子的影子？也许识得"女人"二字的男人失去快感，是因为他不再拥抱真实的女人，而是拥抱女人的影子？在尚无文字的远古，皮尔·那匹兹姆洪水暴发之前，欢乐与智慧等直接存在于人类身体之中，而如今我们却只了解披着文字外衣的"欢乐"与"智慧"的影子。近来人们的记忆力下降了，这也是文字之灵的恶作剧，人们已经到了不将事物写下来就什么都记不住的地步了。如同自从人们开始穿衣服，人类的皮肤就开始变得脆弱丑陋；自从发明代步工具，人类的腿脚就变得虚弱不堪；文字的普及使人类不愿开动大脑了。

纳布·阿赫·艾力巴认识一位嗜书如命的老人。那位老人比纳布·阿赫·艾力巴更为博学，他不仅懂得苏美尔语和阿拉米亚语，就连记录在纸草和羊皮纸上的埃及文对他来说也不在话下。对于记录在册的古代之事，他无不知晓。他能对兹古鲁契·尼尼布一世王在位时的天气如数家珍，却常常忽略今天的天气是晴还是阴；他甚至知道少女莎比图安慰吉尔伽美什所说的话，但却不知道如何安慰痛失爱子的邻人；他晓得亚大得·尼拉里的王后——桑木拉马特喜欢穿什么衣服，可他却不曾在意自己穿的衣服是什么样。他是多么热爱文字与书籍啊！光是诵读、默记、爱抚还不够，他爱图书爱得深切，曾将刻着最初版《吉尔伽美什》的黏土板咬碎，溶进水里一饮而尽。文字精灵毫不留情地啃噬着他的双眼，这位老人患有高度近视。由于总是将书籍拿到眼前读个不停，他那鹰钩鼻的鼻尖和黏土板摩擦，已经生成了坚硬的茧。文字精灵还侵蚀老人的脊骨，他驼背十分严重，下巴几乎要碰到肚脐了。尽管他能用五种不同国家的文字写出"佝偻"一词，然而恐怕他都不知道自己是如此佝偻吧！纳布·阿赫·艾力巴博士将这位老人视为文字精灵手下的第一位牺牲者。只是，尽管拥有如此惨不忍睹的外貌，但这位老人看上去却是一副幸福的模样，着实让人羡慕不已，这也真是怪异得很。在纳布·阿赫·艾力巴看来，这奇怪的现象是文字精灵施加的媚药，文字精灵拥有奸诈狡猾的魔力。

有一天，巴尼拔国王生病了。御医阿拉德·纳纳见国王病情没有好转，便借来了国王的衣服并穿在自己身上，假扮亚述王。他妄想通过这一办法瞒过死神埃列什基伽勒的眼睛，将国王身上的疾病转移到自己身上来。对于这从古时候传下来的常用疗法，有一些年轻人持怀疑态度。他们说："很明显这方法不合情理。堂堂死神怎么可能会被这哄骗小孩的伎俩糊弄？"博学多识的纳布·阿赫·艾力巴听到这些话，脸上浮现出不悦的表情。这些年轻人，什么事都要追求合乎逻辑，这做法让人觉得可笑。就好比一个浑身肮脏不堪的男人，全身上下只有一个地方——比如说他的脚尖是精心修饰的。这太可笑了。他们啊，还没有弄清楚人类在神秘之云笼罩下的地位呢。老博士认为浅薄的合理主义是一种病，而且毫无疑问，罪魁祸首就是那文字精灵。

某天，一位名叫伊修蒂·纳布的年轻历史学家（或者说宫廷的史官）前来造访老博士，他开口问道："历史为何物？"看到老博士一脸吃惊的模样，年轻的历史学家解释道："巴比伦王沙马什·舒姆·乌金临终时的情形，流传着各种各样的说法。他投身火海是确凿无疑的，但有人说这位国王在无比绝望的最后一个月里，终日过着穷奢极欲的生活；有人却说国王每天净身，不停地专心向沙玛修神祈祷；还有人认为他是与第一宠妃一同葬身火海的；更有一种说法，说他先将数百名婢妾投入火堆，然后才跳进火海中。不管怎么说他都已经灰飞烟灭，但究竟哪一种说法是正确的，丝毫没有头绪。很快，亚述巴尼拔国王就会命令我从中选取一个记录下来，这只是其中一个例子而已。历史真的可以这样记载吗？"

聪明的老博士机智地保持着沉默，年轻的历史学家见状，又将问题换成了下面这种问法："所谓历史，是指过去发生的事情，还是指黏土板上的文字呢？"

这个问题就好像在问猎狮者与猎狮者的浮雕是否一样。老博士深切感受到这一点，但是他不能直截了当地说出口，于是他这样回答说："历史啊，既是过去发生的事件，又是黏土板上记载的事情。这二者不是一样的吗？"

"要是漏写了呢？"历史学家追问道。

"漏写？别开玩笑了。没被写下来的事情就是没有发生过。怎么可能会有不发芽的种子呢？所谓历史，就是这块黏土板上记的东西啊。"

年轻的历史学家面无表情地注视着老博士指给他看的瓦片。那是由这个国家最伟大的历史家纳布·沙里穆·修奴所记载的历史，是描述萨尔贡大帝征讨哈鲁迪尔故事中的一片。说着，博士朝着那片瓦吐了一些石榴籽，瓦片表面变得愈发脏了。

"文字精灵是波尔西帕的智慧之神纳布的侍从，看起来，伊修蒂·纳布，你啊，对文字精灵的本事尚一无所知呢。文字精灵一旦捕获到一个东西，就将自己的形态赋予该物，那么这东西就拥有了永不消逝的生命。相反地，如果一个东西没有被文字精灵那充满魔力的双手触碰，不管它是什么，必将走向消逝。就拿太古以来的安努·恩利尔之书来说，未被载入该书的星星，为什么不存在呢？就是因为那些星星并未以文字的形式被写进安奴·恩利尔之书里啊。大马尔杜克星（木星）一旦进犯天界的牧羊人（猎户星座）之境，众神就会愤怒；月亮上部出现残缺时，弗摩奥卢人将蒙受灾祸。这些全都是在古书上以文字形式记录下来的内容。古代的苏美尔人不认识马这种动物，也是由于在他们的文字之中并没有'马'这个字的缘故。再没有比文字精灵的力量更为恐怖的东西了。如果你认为我们是在运用文字书写，那就大错特错了。我们才是被文字精灵所支配的仆人啊！除此以外，这些精灵还有一种魔法。如今，我还在对他们进行研究中，你今天之所以会对记载历史的文字感到困惑，原因就是你与文字走得太近，中了那精灵的毒了。"

年轻的历史学家带着一副讳莫如深的表情回家去了。不一会儿，老博士又悲叹道："文字精灵把毒手伸向了那位青年才俊。"与文字过于亲密，反而对其抱有疑问，这事情绝不是自相矛盾。前些日子，博士放纵自己，开怀大吃，几乎吃光了一整只烤羊，但打那之后，他一看见活羊就感觉饱了。

年轻历史学家走后不久，忽然，纳布·阿赫·艾力巴意识到有点不对劲，他扶住自己长着稀疏且卷曲头发的脑袋，陷入沉思之中：我今天怎么向那个年轻人夸赞起文字精灵的威力了？真是不可思议！他咂舌道——我竟然也被文字精灵戏弄了。

实际上，早在很久前，文字精灵就已经把可怕的疾病带给老博士了。在老博士为了确认是否真的存在文字精灵而一连几天盯着一个字的时候，就已经有征兆了。正如前文所说，有着一定的含义与读音的文字突然间解体了，变成了一条条单纯的直线的集合。从那以后，这种现象出现在所有事物上——在他眼里，自己的家也已经化为木材、石头、砖头和灰浆等物体的毫无意义的组合。他搞不清楚，为什么人必须住在这地方。当他看向人的身体时也是一样，身体似乎分解成了各个奇形怪状的部分。为什么这副模样的东西就能彼此相联系，被称作人呢？他完全搞不明白。不仅是眼睛能看得到的东西，由于得了这一奇怪的"解体病"，人们日常的生活和习惯在他眼里也全都丧失了意义，他开始对人类生活的根基产生怀疑。纳布·阿赫·艾力巴博士渐渐神志失常了，他心想，如果还要继续研究文字精灵的话，怕是最终会因为这精灵丢了性命。他大骇不已，急匆匆地把研究报告整理好，呈给了亚述巴尼拔国王。毫无疑问，老博士在报告中还添加了一些政治性意见。他写道，亚述国是个尚武的国度，如今就因这不见踪影的文字精灵，已经落得完全溃败了。而且，几乎无人注意到这一点。如若现在不快些改正对文字的盲目崇拜,那么今后恐将追悔莫及,云云。

文字精灵自然不会轻易放过这谗谤者。纳布·阿赫·艾力巴的报告使国王龙颜大怒。国王是智慧之神纳布的狂热赞扬者,也是当时一流的文化分子,所以国王生气也是理所当然的。于是国王下令,让老博士即日起闭门思过。如果不是看在纳布·阿赫·艾力巴博士曾经是自己的老师的分上,恐怕国王会下令生剥了他的皮呢!博士没想到国王竟会震怒,不禁愕然,但他很快就领悟到,这是那奸诈诡谲的文字精灵在复仇!

然而,事情还没有结束。数日后,尼尼微、埃尔贝拉地区发生了大地震,当时博士恰巧正在自家的书库中。他家年久失修,墙壁坍塌,书架也倾倒了。大量的书籍——黏土板——伴随着文字精灵凄厉的诅咒,狠狠地砸落在这位谗谤者身上,他被活活压死了。

中岛敦
（1909—1942）

1909年，出生于东京市。祖父和父亲对汉学颇为精通。

1910年，父母离婚，中岛敦由父亲抚养。

1926年，考入东京第一高等学校文科甲类，同年弟弟中岛敬和中岛敏去世。

1927年，患上湿性肋膜炎。

1928年，哮喘病发作。

1930年，考入东京帝国大学文学系，暑假时通读了永井荷风、谷崎润一郎的全部作品。

1932年，与桥本高结婚；参加朝日新闻社的入社考试，因健康问题失败。

1933年，考入东京帝国大学研究生院；在横滨高等女子学校教授日本国语、英语、历史、地理。

1934年，从东京帝国大学研究生院退学，同年哮喘病发作，危及生命。

1935年,开始自学拉丁语和希腊语,研读帕斯克尔的《思想录》以及中国的《庄子》《列子》。

1939年,哮喘病加剧。

1941年,从横滨高等女子学校辞职,就职于帕劳克罗尔的南洋厅。

1942年,与著名民俗学者土方久功归国;向南洋厅提交辞呈,立志以写文为生。在病中完成《悟净出世》《弟子》《名人传》《光·风·梦》《南岛谭》等享誉后世的作品;于12月份去世;《光·风·梦》被推荐为芥川文学奖候补作品。

蓝色
Bluecity · Culture
文学

图书在版编目（CIP）数据

山月记 /（日）中岛敦著；张齐译. — 成都：天地出版社，2021.5
（物哀三书）
ISBN 978-7-5455-6187-6

Ⅰ. ①山… Ⅱ. ①中… ②张… Ⅲ. ①小说集—日本—近代 Ⅳ. ①I313.44

中国版本图书馆CIP数据核字（2021）第265304号

SHAN YUE JI
山月记

出 品 人	杨　政
作　　者	［日］中岛敦
译　　者	张　齐
责任编辑	杨　露
特邀编辑	许　峥
装帧设计	金牍文化·车球
责任印制	王学锋
出版发行	天地出版社
	（成都市槐树街2号　邮政编码：610014）
	（北京市方庄芳群园3区3号　邮政编码：100078）
网　　址	http://www.tiandiph.com
电子邮箱	tianditg@163.com
经　　销	新华文轩出版传媒股份有限公司
印　　刷	天津融正印刷有限公司
版　　次	2021年5月第1版
印　　次	2021年5月第1次印刷
开　　本	880mm×1230mm　1/32
印　　张	7.5
字　　数	148千字
定　　价	39.00元
书　　号	ISBN 978-7-5455-6187-6

版权所有◆违者必究

咨询电话：（028）87734639（总编室）
购书热线：（010）67693207（营销中心）

如有印装错误，请与本社联系调换